괜찮아,
보이는게
전부는
아니야

De wereld van Beer Ligthart

괜찮아,
보이는 게
전부는
아니야

잽 테르 하르 지음 | 이미옥 옮김

궁리
KungRee

차례

1

어두운 터널을
빠져나오다

끔찍한 비명 소리였습니다. 두려움과 미칠 것 같은 고통이 뒤섞인 비명 소리. 고함 소리는 메아리가 되어 몇 번이고 울려 퍼졌습니다.

"베어!"

"베……!"

근처에서 베니와 구프의 목소리가 들려왔지만, 마치 텅 빈 교회 안에서 들려오는 속삭임처럼 비현실적으로 느껴졌습니다. 급히 뛰어오는 발자국 소리들. 멀리서 신경을 거슬리는 오토바이 소리도 들려왔습니다. 그리고 아팠습니다.

오, 신이시여, 도대체 이 고통은…….

베어는 쓰러지면서 자신이 고함을 질렀다는 것을 어렴

풋이 알아차렸습니다. 온몸을 도려 낼 것 같은 고통이 느껴졌고, 자신을 둘러싼 모든 것이 희미해졌습니다.

"의사! 빨리 의사를 불러!"

다른 세계의 온갖 소음들이 베어에게만 들려왔습니다. 순식간에 지나가서 알 수 없는 바람처럼. 곧이어 응급차의 사이렌이 들려왔습니다.

그리고는 무언가 깨졌습니다. 원시림의 암흑. 온갖 색채가 뒤섞인 세계. 서서히 아무것도 보이지 않았습니다.

베어는 이상한 세계에 와 있는 듯했습니다. 이 세계는 점점 커져 갔지만 자신 이외에는 아무도 없었습니다. 그의 몸뚱이는 존재하지 않는 듯했고, 머릿속에 하나의 공간만이 남아 있었습니다. 이 공간에서는 망치 소리가 났고, 불꽃들이 터지고 있었으며, 기차들이 충돌했고, 원시 민족들이 타악기를 치고 있었습니다. 그림과 색채들로 이루어진 무질서가 점점 사라져 갔습니다.

이제 베어에게는 앞치마가 바스락거리는 소리가 들려왔습니다. 병원에서 맡을 수 있는 소독 냄새도 났습니다. 누가 내 머리를 쓰다듬는 것일까? 어두웠습니다. 베어는 눈을 뜨려고 애를 써 보았지만 여전히 어두웠고, 눈을 콕콕

찌르는 고통이 느껴졌습니다. 두 군데나 꿰맨 오른손으로 간신히 침대의 시트를 만져 보았습니다.

"여기가 어디에요?"

"베어, 우리가 옆에 있으니 걱정하지 마라!"

아버지 목소리였습니다. 익숙한 손이 베어의 어깨 위에 살포시 닿았습니다. 베어는 머릿속에 꽉 들어찬 복잡한 꿈의 세계에서 빠져나오려고 노력했습니다. 눈을 떠야만 한다. 깨어나야만 한다. 아버지를 봐야 한다.

"내 눈! 내 눈은 어디 있어요?"

베어는 무의식적으로 손을 눈에 갖다 대었습니다. 눈 위에는 두꺼운 붕대만 감겨 있었습니다.

이어서 소리 죽여 흐느끼는 소리가 들리더니 잠시 후 어머니의 부드러운 목소리가 들려왔습니다.

"내 아들! 무서워하지 마. 엄마도 여기…… 네 침대 곁에 있어!"

"너무, 너무 아파……."

베어는 울지 않으려고 했지만, 소리치지 않으려고 했지만, 그럴 수 없었습니다. 손가락이 사정없이 붕대를 잡아당겼습니다.

"간호사!"

어머니의 목소리는 긴장해 있었습니다.

간호사는 이불을 걷더니 베어의 엉덩이에 주사를 놓았습니다. 베어의 다리가 움찔했습니다.

"괜찮아, 무서워하지 마!"

어머니의 목소리는 먼 곳에서 들려왔습니다. 순간 베어는 온몸이 불덩이처럼 달아오르고 피가 끓는 것 같았습니다. 자기의 머리를 지옥으로 만든 엄청난 고통. 한순간 베어는 소스라치게 놀랐습니다.

나는 죽은 것일까? 베어는 벌떡 일어나서 뭔가를 붙잡고 죽음에 저항하고 싶었습니다. 그러자 낯선 손 하나가 자신을 붙잡았고, 그 순간 죽음도 그렇게 끔찍할 것 같지 않았습니다. 내가 세상에서 제일 먼저 죽는 사람도 아니고 또 마지막으로 죽게 될 사람도 아니지 않은가. 그럼에도 베어는 살기 위해 몸부림 치고 싶었습니다.

아버지와 어머니의 불분명한 목소리와 병실에서 들려오는 갖가지 소음은 그치지 않았습니다. 베어는 어느새 알 수 없는 형상들이 모여 있는 원시림으로 다시 돌아갔습니다. 형형색색의 세계를 지나서 공허와 암흑이 있는 곳에 도달했습니다.

누구도 삶과 죽음 사이에 놓여 있는 거리를 알지 못합

니다. 그리고 아무도 베어가 이 길 가운데 어떤 길을 갔었는지 모릅니다. 다만 의사들과 간호사들은 베어가 죽음의 문턱까지 갔을 것이라는 사실만 알고 있을 뿐입니다.

고열로 온몸이 불덩이 같았던 베어는 의식을 잃고 깊고도 닿을 수 없는 세계로 빨려 들어갔습니다. 모든 사람의 밑바닥에 숨어 있는 세계. 그곳에서 베어는 어두운 터널을 돌아다녔고, 소름끼치는 괴물을 보았으며, 영원히 계속될 것 같은 두려움에 빠져 있었습니다. 하지만 베어는 초록이 넘쳐나는 풍경 속으로도 내려갔습니다. 이곳에서 베어가 행복감을 느낀 것을 보면 영혼의 가장 깊숙한 곳은 우리가 상상하는 것만큼 끔찍하지 않을지도 모릅니다.

이틀 낮과 사흘 밤 동안 베어는 거의 의식을 잃은 상태였습니다. 베어는 자주 불안에 떨며 고함을 지르기도 했습니다. 하지만 눈을 칭칭 감고 있는 두꺼운 붕대 아래로 행복한 미소가 번져 나오기도 했습니다. 그러고 나서 얼마 후 간호사는 베어가 중얼거리는 소리를 들을 수 있었습니다. "좋아요!" 혹은 "얼마나 아름다운지!"라는 말들이었습니다. 또 한 번은 다른 사람이 분명하게 들을 수 있는 목소리로 "고맙습니다!"라고 했습니다.

사흘째 밤이 되었을 때, 삶과 죽음 사이에 놓여 있는 기나긴 여정에서 고열이 내려가기 시작했습니다. 호흡은 좀 더 안정되었고 심장은 예전처럼 조용히 뛰었습니다.

나흘째 아침이 되자 베어는 마침내 끝도 없는 잠에서 꿈을 꾸고 난 사람처럼 깨어났습니다. 의식이 서서히 들자, 베어는 목이 갈라지는 듯한 갈증을 느꼈습니다. 그리고 아프기 시작했지만 깨어나기 전처럼 끔찍하지는 않았습니다.

고통…… 희미한 기억이 되살아났습니다. 어머니의 부드러운 목소리, 아버지의 손, 그리고 꿈속에서 움직이던 희미한 영상들. 발자국 소리가 다가왔습니다. 그 소리는 딱딱한 리놀륨 바닥 위로 공허한 소리를 냈습니다. 누군가 커튼을 걷자 알 수 없는 금속성의 소리가 들려왔습니다. 뭔가 이상하다고 베어는 생각했습니다. 방은 어두웠습니다.

"엄마야?"

엄마라면 이 이상한 소리도 설명해 줄 수 있을 것이고, 이 통증과 구토를 일으키는 공기도 설명해 줄 거야.

"나 지금 어디에 있는 거야?"

차가운 손이 베어의 팔을 잡았습니다.

"너는 지금 병원에 있어. 베어, 나는 간호사 빌이라고 해."

병원? 간호사 빌? 베어는 무슨 일인지 이해할 수 없었습니다. 안간힘을 다해 기억해 보려고 노력했습니다.

맞아, 수업이 끝나고 집으로 가고 있었지. 베니는 선생님이 프랑스어 숙제를 내주었다고 투덜거렸고, 구프는 망가진 공으로 이상한 소리를 내며 놀더니 공을 삐딱한 방향으로 찼어. 그리고, 그리고…… 내가 공을 잡으려고 거리로 뛰어갔었지. 그런데 구프의 가방에 걸려 넘어졌나?

아직 정확하게 기억이 되살아나지 않았습니다.

"무슨 일이 일어났어요?"

"학교 수업이 끝나고 너는 사고를 당했어."

"사고요?"

차에 치였단 말일까? 그렇다면 큰 부상을 당했을 것이다.

베어는 조심스럽게 다리와 팔을 움직여 보았습니다. 다행히 아프지 않았습니다. 팔과 다리는 무사했습니다.

"부모님이 곧 오실 거야. 무슨 일이 일어났는지 말씀해 주시겠지. 나는 그 사고 현장에 없었거든. 이해하지?"

베어는 머리에 붕대가 감겨 있는 느낌이 들었습니다. 그렇구나! 이것 때문에 아무것도 볼 수 없었군.

베어는 손으로 배와 허벅지, 가슴을 눌러 보았습니다. 이 부분은 다친 데가 없는 것 같았습니다.

"물 마실래?"

"좋아요, 간호사 누나!"

간호사의 목소리는 밝고 친절했으며 또렷했습니다. 자신이 무슨 일을 하고 있는지 잘 알고 있다는 목소리였습니다.

베어는 몸을 일으키려고 했지만 갑자기 눈이 아프더니 머리 전체가 지끈거렸습니다.

"가만히 누워 있어. 내가 물 컵을 입에 대어 줄게."

물 컵의 튀어나온 부분이 베어의 바짝 마른 입술 사이로 들어왔습니다. 미지근한 차였습니다. 베어는 몇 모금을 마셨고, 그제야 기분이 좋아졌습니다.

"고맙습니다!"

베어는 진심에서 우러나온 말을 했고, 이제 정신을 차려서 다시 한 번 기억을 더듬어 보고 싶었습니다.

"이제 나는 가야 하거든. 그러니 잠을 자는 게 좋을 것 같은데."

간호사가 말했습니다.

앞치마가 바스락거리는 소리. 물 컵이 부딪히는 소리. 그리고 문 쪽으로 걸어가는 발자국 소리.

베어는 혼자 남아 희미하고도 알 수 없는 병원의 온갖

소리에 둘러싸여 있었습니다. 어느 병원일까? 난 얼마 동안 이곳에 있어야 하는 걸까?

"멍청하긴. 물어보는 건데."

베어는 혼자 중얼거렸습니다. 또 언제쯤 두꺼운 붕대를 풀게 될지도 물어보고 싶었습니다. 왜냐하면 계속해서 어두운 상태로 있고 싶지 않았기 때문입니다. 그리고 빌이라는 간호사의 얼굴도 보고 싶었습니다. 간호사 누나는 분명 금발에 푸른 눈을 가진 매력적인 여자일 것입니다. 간호사의 목소리만 들어도 알 수 있었습니다.

이제 베어는 조용히 누워 있었습니다. 학교가 끝난 뒤에 무슨 일이 일어났는지를 상상해 보았습니다.

구프가 공을 찼어……. 그래, 그런 뒤 불행한 사고가 난 게 분명해. 내가 자동차에 치였을까? 그렇다면 불행 중 다행이라고 베어는 생각했습니다. 머리에 붕대를 한 것 이외에는 다친 곳이 없으니까. 어쩌면 머리가 자동차 앞 유리와 충돌한 것일까? 그 순간 갑자기 끔찍한 생각이 들면서 모든 의문이 단숨에 풀렸습니다.

아이들은 불현듯 확신을 갖는 때가 흔히 있습니다. 확신을 가질 만한 특별한 이유도 없으면서 분명히 그렇다고 믿는 것입니다. 대부분 어른들은 이런 능력을 오래전에 잃어버렸지만, 아이들에게는 그처럼 일종의 투시 능력이 있습니다.

문득 확신이 생기는 동시에, 진실을 알게 되는 순간이 베어 라이트하트에게도 찾아왔습니다. 갑자기 고통 때문에 꿈속에서 고함을 질렀던 기억이 되살아났습니다. 두려움에 떨던 자신의 목소리였습니다.

"내 눈! 내 눈은 어디 있는 거야!"

베어는 금발의 간호사 빌을 실제로 볼 수 있는 기회는 영영 없을 것이라는 생각이 들었습니다. 부모님, 여동생, 그리고 학교와 학교를 다니는 친구들도 더는 볼 수 없을 것입니다. 이제 축구도 하지 못할 것이고, 텔레비전을 보거나 봄에 피어난 꽃봉오리에 기뻐하지도 못할 것입니다. 태양이 뜨는 것도 볼 수 없을 것입니다. 이 모든 게 의심할 수 없는 사실이었습니다.

"오, 하느님, 이제 볼 수 없다니!"

베어는 이렇게 중얼거렸습니다. 앞으로 이 일을 어떻게 극복해야 할지 도무지 알 수 없었습니다.

간호사는 한동안 나타나지 않았습니다. 베어는 그동안 조용히 생각을 정리했습니다. 물론 간단한 일은 아니었습니다. 붕대에 가려진 어두운 세계에서 온갖 생각들이 나타났다 사라졌으며, 머릿속에 떠오르는 그림들은 불안에 떨고 있는 새 떼 같았습니다.

눈이 멀다니! 베어는 검은 안경을 낀 채 하얀 지팡이를 짚고 좁다란 골목길을 겨우 걸어가던 한 남자가 떠올랐습니다. 아마 베어도 그 남자처럼 길과 집, 학교를 찾아다녀야 할 것입니다. 앞으로 죽을 때까지 다른 사람들에게 의지하면서 살아야겠지요. 이런 생각이 들자 베어는 화가 치밀어 올라 주먹을 불끈 쥐었지만 다른 생각도 떠올랐습니다. 사실 모든 사람은 다른 사람에게 의지하면서 사는 게 아닐까?

그래도 눈이 안 보이다니! 갑자기 공포가 엄습했습니다. 부모님은 나를 맹인 학교로 보낼까? 아냐, 그렇지 않을 거야. 베어는 아버지와 어머니, 그리고 두 분이 다투던 장면을 생각해 보았습니다. 만일 내가 계속 집에서만 생활해야 된다면, 말다툼을 자주하던 두 분은 영원히 갈라서 버리는 게 아닐까?

이런 생각을 하자 참을 수가 없었습니다. 그러자 자신이 눈을 잃게 된 것이 부모님에게 얼마나 끔찍한 일이었을지 짐작할 수 있었습니다. 부모님도 알고 있을까?

빌어먹을! 장님이 되다니! 베어는 울고 싶지 않았습니다. 어떻게 해서든 이 상황을 잘 견뎌 내야 해. 그러자 자신이 오래전에 어머니에게 했던 말이 떠올랐습니다.

"세상에서 가장 불쌍한 아이라 할지라도 그 아이에게 동정심을 가져서는 안 돼!"

당시 이 말을 할 때 베어는 전쟁터에서 다리를 잃게 된 아이들을 보고 충격을 받았거나 혹은 나병에 걸려 고통스러워하던 아이들을 봤는지 모릅니다. 아니면 굶주림에 희생된 사람들을 텔레비전에서 보고 충격을 받아서 그런 말을 했을 것입니다.

눈이 멀다니! 끔찍한 일이기는 하지만 세상에는 이보다 더 끔찍한 일들이 일어나고 있습니다. 눈이 멀었다고 미래가 없는 것은 아니니까요. 베어는 시각장애인들이 읽을 수 있는 점자를 배워야 할지 모릅니다. 그리고 예전과는 전혀 다른 방식으로 살아야 할 것입니다.

문득 베어는 눈이 멀게 된 자신의 처지를 이렇듯 차분하게 생각할 수 있다는 사실이 놀라웠습니다.

병원 복도에서 발자국 소리가 들려왔습니다. 문이 살짝 열리는 소리와 함께 간호사 빌의 목소리가 들렸습니다.

"나야, 베어!"

베어의 침대 곁에 있는 작은 책상 위에 뭔가 놓여 있었습니다. 어쩌면 책상이 아니라 자그마한 찬장인지도 모릅니다.

"간호사 누나?"

"응?"

"나는 눈이 멀었죠? 영원히 볼 수 없는 거죠?"

한동안 침묵이 흘렀습니다. 베어는 간호사가 내쉬는 한숨 소리를 들을 수 있었습니다. 간호사가 솔직하게 대답해주기를 진심으로 바랐습니다. 불확실하게 알거나 헛된 희망을 갖기보다 차라리 진실을 아는 편이 낫다고 생각한 것입니다.

다행스럽게도 간호사 빌은, 대부분 아이들은 매우 용감하며 어른들이 혼란스러워만 하지 않으면 무슨 일이든 받아들일 수 있다는 점을 잘 알고 있었습니다.

"그래."

간호사의 대답이 끝나자, 베어는 팔에 닿은 차가운 손길을 느꼈습니다.

"네 두 눈은 부상이 너무 심해서 어쩌면 앞으로 볼 수 없을 거야."

"고맙습니다."

베어는 짤막하게 말했습니다. 간호사가 대답을 회피하지도 않고, 어중간한 답으로 자신을 더욱 불안하게 만들지 않아서 정말 고마웠습니다. 빌을 전혀 볼 수 없지만, 베어에게 간호사 빌이 멋지게 보이다니 참으로 신기한 일이었습니다.

"여기 아침 식사를 가져왔어. 삶은 계란 하나, 버터 바른 빵 한 조각, 잼을 발라 먹을 수 있는 과자. 어때? 우리 함께 먹는 연습을 해 볼까?"

"네."

베어가 대답했습니다.

장님이 되어도 일상은 계속된다는 사실이 위안이 되었습니다. 곧 아버지와 어머니가 올 것입니다. 그러면 진실을 말해 줘야겠다고 베어는 생각했습니다. 간호사가 했던 것처럼, 그냥 솔직하게 이성적으로 말하는 거야. 그러면 부모님도 그리 충격받지 않을 거야.

문이 열리자 가벼운 바람이 느껴졌습니다. 베어는 이미 어느 정도 익숙해 있었습니다. 간호사 빌의 목소리가 들렸습니다. 늘 그렇듯 명랑하고 친절하고 동시에 자연스러운 목소리였습니다.

"베어, 부모님이 오셨어!"

베어는 숨을 깊이 들이마셨습니다. 손을 오른쪽으로 쭉 뻗었지만, 어머니는 어느새 침대를 돌아서 베어의 왼쪽 뺨에 입맞춤을 했습니다.

어머니의 목소리는 약간 쉬어 있었고 신경이 예민해 있었습니다.

"오 내 아들, 내 아들……."

이제 아버지가 베어의 다른 손을 잡았습니다. 두 분은 침대의 양쪽에 서 있었습니다.

"베어, 우리가 왔단다. 네가 다시 의식을 회복하다니, 감사할 뿐이야. 지난번에 왔을 때는 여전히 의식이 없었단다."

"맞아요."

베어는 고개를 끄덕이고 이야기를 어떻게 꺼내야 할지 곰곰이 생각하고 있었습니다.

"지금은 어떠니?"

어머니는 보통 때와 마찬가지로 담담하게 말하려고 했지만 긴장감이 전해져 왔습니다.

"그렇게 많이 아프지는 않아."

"간호사는 친절하니?"

"네."

이렇게 말하며 베어는 부모님으로부터 슬며시 손을 빼내어 주먹을 꼭 쥐었습니다. 부모님께 진실을 말해야 하는 일이 너무 힘들었기 때문입니다.

"혹시…… 알고 있어요? 나는 이제 영원히…… 볼 수가 없대요."

베어는 흐느끼고 있는 어머니가 마치 의지하려는 듯 자신의 팔을 움켜잡는 것이 느껴졌습니다.

"그래. 우리도 알고 있어. 하지만 너도 알고 있는지는 몰랐구나. 네가 어느 정도 회복되면 말해 주려고 했는데……."

아버지가 말했습니다.

"내 아들……."

어머니는 뭔가 말을 하려다가 그만두었습니다. 그러자 아버지가 대신해서 말을 이었습니다.

"우리 가족이 함께 극복해야 할 일이 생겼어. 용감하게 극복하는 거다."

"함께?"

"그래, 물론이야. 너와 네 엄마, 그리고 나!"

그러자 베어의 눈에서 눈물이 흘러내렸습니다. 눈에 붕대가 감겨 있어서 다행이었습니다. 입술을 깨물고 떨리는 목소리를 들키지 않으려고 나지막하게 말했습니다.

"정말 우스워. 오늘 아침에만 하더라도 두렵지 않았는데, 지금은 너무 무서워. 엄마와 아빠가……."

"뭐가?"

"혹시…… 엄마랑 아빠가 헤어질까 봐."

아들의 이 말은 납덩이처럼 무거웠습니다. 평생을 따라다니는 불평처럼 입에 달라붙어 버린 말들.

"오, 하느님! 내 아들이……."

어머니의 목소리는 들릴 듯 말 듯했습니다.

지금 어머니는 아버지의 얼굴을 쳐다볼 것이라고 베어는 생각했습니다. 어머니는 안간힘을 다해 울음을 참고 있을 것입니다. 아버지는 베어의 중요한 질문에 핑계를 댈 수도 없고 회피할 수도 없었습니다. 침대 가장자리에 앉아서 침묵을 깬 사람은 아버지였습니다.

"베어, 모든 부부는 살다보면 한 번쯤 문제가 생긴단다. 너도 알다시피, 네 엄마랑 나도 그랬어. 하지만 다행히 지금은 좋아졌단다."

솔직한 대답이었습니다. 그리고 앞으로 희망을 갖기에도 충분한 대답이었습니다.

"나한테 어떤 일이 일어난 거죠?"

베어는 아무리 기억하려 해도 생각나지 않는 부분이 있었습니다.

맞은편에 앉아서 안정을 찾은 목소리로 답을 들려준 사람은 어머니였습니다. 이렇게 하여 베어는 자신이 어떤 사고를 당했는지 들을 수 있었습니다.

베어는 수업이 끝나고 집으로 가던 길이었습니다. 하지만 좌우를 살피지도 않고 공을 주우러 보행자 길에서 차도로 뛰어갔습니다. 그때 마침 정원사가 오토바이 뒤에 싣고 가던 건초용 뾰족한 갈고리를 떨어뜨렸고, 베어는 이 갈고리에 걸려 넘어져 눈이 찔렸다고 했습니다. 정원사도 어떻게 할 수 없었다고 합니다.

"정원사도 미처 손 쓸 수 없는 사이에 사고가 일어났다는구나. 그동안 그 사람이 두 번이나 찾아와서 네 상태를 물어봤어. 나쁜 사람은 아닌 것 같더구나."

아버지가 마지막으로 그렇게 말해 주었습니다.

사고가 난 뒤 의식을 잃었고, 응급차가 와서 베어를 싣고 병원으로 갔습니다. 그리고 베어의 부모님은 초조하게 결과를 기다렸습니다.

"병원에 온 지 얼마 되지 않아 네가 의식을 찾았어."

"그건 나도 알아요."

베어는 어렴풋이 그 순간을 기억해 낼 수 있었습니다. 죽을지도 모른다는 두려운 순간이었습니다. 그리고는 다시 의식을 잃었습니다.

어머니는 수술을 하고 난 뒤 심하게 열이 났다는 이야기도 짤막하게 들려주었습니다. 그리고는 이틀 낮과 사흘 밤이라는 시간이 흘러갔다고 합니다.

베어는 죽을 듯이 피곤했고 머리가 아파서 참을 수가 없었는데 다행히 간호사 누나 빌이 와서 면회가 너무 길어졌다고 말해 주었습니다. 부모님이 떠나자마자 베어는 울음을 터뜨리고 말았습니다. 짧은 시간이었지만 베어가 감당하기에는 너무 힘든 긴장과 흥분이었습니다.

"그래, 우는 것도 좋아. 나도 울고 나면 기분이 훨씬 좋아지거든."

간호사 빌은 베어를 울지 말라고 위로하지 않았습니다. 단지 그대로 내버려 두었습니다. 베어는 금세 울음을 그쳤지만 붕대로 가려진 눈이 불에 타는 듯 아팠습니다.

"덜 아프도록 내가 주사를 놔 줄게. 그러면 편히 잘 수 있을 거야!"

잠시 후 여러 가지 소음과 함께 병실, 침대, 그리고 고통이 저절로 멀어져 갔습니다. 베어는 꿈속에서 자신도 모르는 미지의 세계로 고통 없이 빠져들었습니다.

2
첫 장애물을
넘다

병원에서 지내는 생활은 나름대로 리듬이 있습니다. 고통이 조금씩 사라지자, 베어는 하루의 시간 리듬을 잡다한 소음과 소리들로 구분할 수 있다는 사실을 알았습니다. 그렇듯 귀는 새로운 하루의 시작을 들을 수 있었습니다. 아침은 간호사가 온도계를 건네주고 커튼을 걷는 것으로 시작합니다. 커튼이 침실을 가리고 있든 그렇지 않든 베어에겐 아무런 상관도 없지만 말입니다.

접시, 그릇, 나이프와 포크 소리는 아침 식사가 준비되고 있다는 것을 알려 줍니다. 여러 가지 치료 도구가 담겨 있는 손수레 소리를 들으면, 베어는 이제 의사들이 환자들을 진찰하러 다니는 시간이라는 것을 알 수 있었습니다. 정확하게 오전 열 시입니다. 복도에서 많은 사람들의 발소리가 나고 꽃다발 포장 종이를 푸는 소리가 들리면, 베어는 환자를 면회할 수 있는 시간이란 것을 알았습니다. 그러면 2분이나 3분 뒤에 어머니가 나타납니다.

쥐죽은 듯 조용한 밤에도 이상한 소리가 들렸습니다. 바로 밤에 근무하는 간호사들의 앞치마가 바스락거리는 소리입니다. 그들은 환자들에게 이상이 없는지 살펴보고 갑니다. 간호사들의 발소리 외에도 환자가 도와 달라고 신음하는 소리도 들립니다. 병실 복도에서 급히 돌아다니는 발소리, 간호사와 의사들이 서로 속삭이는 소리가 들려올 때도 많습니다. 그러면 어떤 환자가 위독하다는 것을 의미합니다. 이 모든 소리와 잡음은 마치 심부름꾼처럼 베어의 어두운 세계로 들어와서 소식을 전해 주었습니다.

간호사 빌은 베어의 병실을 밝혀 주는 빛과 같은 존재였습니다. 병실에서 보내는 긴긴 시간을 버티기 위해서는 꼭 필요한 아주 멋진 사람입니다. 그래서 빌이 쉬는 날에 다른 간호사가 대신 보살피는 날이면 베어는 몹시 힘들었습니다.

간호사 애니의 모습을 베어는 오리로 상상했습니다. 지나치게 명랑한 애니의 목소리를 들을 때면 온몸이 근질거렸습니다. '꽥꽥꽥.' 간호사 애니의 목소리는 가식적이어서 진실하게 들리지 않았습니다. 그러니 애니의 목소리를 듣고 있노라면 신경이 곤두설 수밖에 없었습니다.

"자, 이제 너를 예쁘게 씻어 볼까?"

애니는 마치 수건으로 환자를 씻어 주는 일이 재미있는 놀이처럼 말했습니다.

"이제 예쁘게 오줌을 누는 거야!"

간호사 애니가 베어의 다리 사이로 소변 받는 용기를 거칠게 밀어 넣는 바람에 엉덩이가 아플 정도였습니다.

"자, 이제 예쁘게 먹는 시간!"

애니는 접시에 무슨 음식이 있는지 말해 주지도 않고 입에다가 갑자기 야채가 담긴 숟가락을 집어넣었습니다. 베어는 야채를 싫어했지만 억지로 씹는 동안 애니는 꽥꽥거리며 수다를 떨고 웃기까지 합니다. 전혀 우습지 않은 얘기를 하면서도 애니는 혼자 깔깔거렸습니다.

이런 날이면 베어의 기분은 엉망이 되고 맙니다. 여느 때보다 외로움을 느끼고 깊은 절망에 빠집니다. 시간이 지날수록 자신의 운명을 불평하는 목소리가 커졌습니다.

눈이 멀다니! 왜 하필이면 나여야 할까? 베어는 아버지와 어머니의 팔에 매달려 있는 자신의 모습, 음식을 먹을 때도 다른 사람이 먹여 주고 있는 모습을 그려 봅니다.

장님! 이제 나를 기다리고 있는 것은 값싼 동정심과 위선적인 선행밖에 없을 거야. 앞으로 여자 친구는 사귈 수 있을까? 어떤 여자가 눈이 먼 남자를 좋아하겠어?

저녁에 아버지가 병실을 찾아왔을 때, 베어의 기분은 완전히 바닥까지 가라앉은 상태였습니다. 물론 베어는 자신의 기분을 드러내지 않으려고 애썼습니다. 아버지 역시 아들 때문에 힘들 테니까요. 베어는 용감한 척하며 보통 때보다 더 씩씩하게 말했습니다. 그런데 간호사 애니가 약을 가지고 병실로 들어와서는 아버지와 수다를 떨기 시작했습니다. 역겨울 정도로 과장된 애니의 목소리를 듣자 베어는 참기 힘들었습니다.

"친절한 간호사야!"

아버지는 간호사 애니가 사라지자 그렇게 말했습니다.

"멍청한 닭 같아!"

베어는 화가 나서 그만 소리를 지르고 말았습니다.

"정말 그렇게 생각하니?"

아버지는 짐짓 놀란 것 같았습니다.

"그럼요!"

"저렇게 예쁜데?"

아버지는 이렇게 말하더니 마치 혀라도 깨문 것처럼 갑

자기 입을 다물었습니다.

"그래도 멍청해요. 예쁘게 생겼든 말든 이제 저와는 상관이 없잖아요!"

베어는 절망감을 감추지 않았습니다.

"이해한다……."

아버지는 당황한 나머지 중얼거렸습니다.

한동안 침묵이 흐른 뒤에 아버지는 조심스럽게 말을 꺼냈습니다.

"베어야, 혹시 알고 있니? 우리의 두 눈은 정말 중요한 것은 못 본단다. 이 두 눈으로 우리는 사소한 것들만 보는 거야. 가령, 사람을 볼 때 그 사람의 외모만 바라보잖니? 외모란 전혀 중요하지 않은데 말이야. 그런데 너는 이런 실수를 저지르지 않을 수 있어. 볼 수 없는 사람도 장점이 있다는 거, 이해할 수 있겠니? 너는 사람들의 진정한 모습을 볼 수 있는 거야. 어쩌면 네 말이 맞을지도 몰라. 저렇게 예쁜 간호사가 사실은 멍청한 닭일 수 있어."

친절하게 용기를 북돋아 주려는 아버지의 말은 베어에게 아무런 위로도 되지 못했습니다. 베어는 마음을 닫아 버렸기 때문에 여전히 절망스러웠습니다.

아버지는 베어의 심정을 짐작할 수 있었습니다. 면회 시

간이 얼마 남지 않았지만 아버지는 회사와 텔레비전 프로
그램 얘기만 했습니다. 작별할 시간이 거의 다 돼서야 아버
지는 마지막으로 아들을 위로해 주려는 시도를 했습니다.
지금 베어에게 절실히 필요한 것입니다.

"베어, 아빠는 확실하게 알고 있어. 너는 분명히 극복해
낼 수 있을 거다. 이 일이 쉽다고 말하는 게 아니야. 하지만
우리는 함께해 낼 수 있단다."

아버지가 붕대에 입맞춤하는 것을 베어는 느낄 수 있었
습니다. 그리고 꺼칠꺼칠한 수염이 나 있는 아버지의 익숙
한 뺨도 느낄 수 있었습니다.

"용기를 잃지 말거라. 끔찍한 순간은 지나갔으니까."

아버지가 병실을 나가자, '아니, 그렇지 않아요'라고
베어는 울먹이며 혼잣말을 했습니다.

끔찍한 순간은 지금부터 시작이었습니다. 베어는 이제
야 눈이 멀어 버린 자신의 절망이 뚜렷이 보이기 시작했습
니다.

몇 분 뒤에 간호사 애니가 들어왔습니다.

"자, 이제 예쁘게 이불을 덮을 시간이지?"

꽥꽥꽥. 이 멍청한 간호사는 커튼도 쳤습니다.

"잘 자, 귀여운 소년!"

34

귀여운 소년이라니! 눈이 멀어 버린 불쌍한 소년이라는 말이 딱 맞겠군.

베어는 주먹을 불끈 쥐더니 베개를 내리치면서 불쌍한 자신에게 이렇게 중얼거립니다.

"하느님, 하느님이 정말 계신다면 제발 저를 도와 주세요……."

불안한 밤이었습니다. 마치 울타리를 뛰쳐나간 말처럼 불안한 꿈이 자신을 쫓아다녔습니다. 인적이 드문 호수는 꽁꽁 얼었습니다. 회색빛의 어둠. 썰매는 살얼음판 위를 달리고, 얼음은 점점 깨지고 있었습니다. 쾅!

깨진 얼음 틈으로 올라오는 물은 베어의 발을 온통 적셔 버렸지만 사람들은 얼음이 깨어진 자리를 보지 못합니다.

왼쪽 다시 오른쪽. 그리고 잘못 내딛는 바람에 깨어진 얼음 속으로 베어는 가라앉고 말았습니다. 어두운 심연으로 말입니다.

베어는 온몸이 땀에 젖어 깨어났습니다. 눈을 뜬 순간 자신을 옭아매었던 공포가 사라졌습니다.

깜깜한 어둠 속엔 구분하기 힘든 병원의 소음들로 가득합니다. 밤 근무를 하는 두 명의 간호사가 키득거리는 소리가 병원의 주방에서 들려왔습니다. 신음 소리. 발소리. 점점 잦아지는 발소리와 속삭이는 목소리들. 잠시 후 미끄러지는 바퀴 소리를 내며 환자를 실어 나르는 이동식 침대가 지나갔습니다. 응급 수술일까?

베어는 다시 잠에 빠졌습니다. 그리하여 또다시 꿈속으로 빠져들었습니다.

베어는 여동생 아네미크와 함께 집에 있었습니다. 창밖을 바라보니 수백 마리의 검은 뱀이 잔디와 꽃밭을 기어 다니고 있는 게 아닙니까! 뱀들이 집 안으로 들어오려는 걸까? 동생을 보지 못했을까?

맙소사! 창문 하나가 열려 있었습니다. 베어는 기겁을 하고 창문을 닫기 위해 거실로 달려갔습니다. 하지만 너무 늦고 말았습니다! 엄청나게 큰 뱀이 이미 창문턱을 반쯤 넘어와서는 머리를 쭉 내밀었습니다.

베어는 마루로 이어지는 출입문이라도 닫아야겠다는 생각에 돌아갑니다. 아네미크가 부엌 쪽을 가리킵니다. 부엌의 창문 하나가 열려 있었던 것입니다. 베어는 재빨리 달렸습니다. 또다시 너무 늦어 버렸습니다. 몇 마리인지도 모를 뱀들이 서로 엉켜서 부엌 안으로 기어들어오고 있었습니다.

　돌아 가야해! 베어는 위층은 안전하다는 생각에 아네미크를 데리고 계단을 올라갑니다. 우선 화장실로 도망을 갔지만, 그곳에도 검은 뱀들이 똬리를 틀고 있습니다. 아네미크는 도저히 이 장면을 볼 수 없어서 손으로 얼굴을 가렸습니다.

　베어는 깜짝 놀라 잠에서 깨어났습니다. 주변을 둘러보기 위해 침대에서 일어나 그건 단지 꿈이라는 사실을 확인하고 싶었습니다. 침대에서 일어나 앉았을 때야 비로소 자신이 볼 수 없다는 것을 알았습니다. 자신을 둘러싼 모든 것이 어두웠을 뿐입니다.

　눈이 멀었어! 베어는 얼굴을 베개에 파묻고 다시는 되찾을 수 없는 모든 것을 생각해 보았습니다. 이젠 운동도 할 수 없겠지. 자전거를 타고 친구 집에 놀러갈 수도 없을 테고. 그토록 원했던 의사도 될 수 없을 거야.

　그 어느 때보다 절망에 빠진 베어는 날이 밝아 오기만을 기다렸습니다.

　발소리가 들리더니 문이 열립니다. 간호사 빌이라면 조

용히 커튼을 걷을 것입니다.

"빌 간호사예요?"

베어는 자기 목소리에 두려움과 절망이 스며들어 있음을 느낄 수 있었습니다.

"좋은 아침이야, 베어. 무슨 일이라도 있었니?"

간호사가 다가오자 베어는 침대에서 일어나 어찌할 바를 모르며 소리를 질렀습니다.

"빌 누나, 내 인생, 내 모든 인생은 이제 망가졌어요!"

"베어, 아니 그게 무슨……."

빌은 베어의 어깨를 토닥였습니다. 망가진 인생을 흔히 보았다는 듯이 간호사 누나의 목소리는 차분했습니다.

"하지만 베어, 그런 말은 누구나 한 번씩 해. 나도 그런 적이 있었는걸. 하지만 실제로는 그렇지 않아. 우리 모두는 항상 새롭게 시작할 수 있어!"

"그렇게 말하기는 쉽죠. 간호사 누나는 눈이 멀지 않았으니까. 볼 수 있잖아요!"

한순간 정적에 잠기더니 긴장감이 맴돌 정도로 침묵이 흘렀습니다. 잠시 뒤 간호사 빌은 베어의 손을 잡더니 천천히 들어 올렸습니다.

"네 손가락으로 내 뺨을 만져 보렴. 눈에서 턱까지. 가

죽 같은 상처 자국이 만져지지?"

"네."

베어는 놀라서 조용히 대답했습니다.

"열다섯 살이었을 때, 얼굴 반쪽에 화상을 입었어. 그때 나는 한 소년과 서로 사랑하고 있었지만 사고가 난 뒤 소년은 나를 보려하지 않더구나. 너는 모르겠지만, 내 얼굴을 보면 정말 끔찍하단다. 나를 처음 본 환자들은 대부분 소스라치게 놀라곤 하지."

"간호사 누나……."

베어는 무슨 말을 해야 할지 몰랐습니다. 하지만 간호사 빌은 베어의 부끄러움과 무례함에 웃음으로 답례했습니다.

"그렇게 미안해하지 않아도 돼, 베어. 얼굴 반쪽에 화상을 입었다고 해서 세상이 무너지는 것은 아냐. 수백만의 사람들에게 일어날 수 있는 작은 사건일 뿐이지. 그러니까 너도 눈이 안 보인다고 너무 낙담하지 마. 그냥 자그마한 사건이 터졌다고 생각해. 그렇지 않으면 너한테 앞으로의 삶이란 없을 테니까."

간호사 빌은 베어가 다시 자리에 누울 수 있도록 베개를 매만져 주고 보통 때보다 더 오랫동안 병실에 있어 주었습니다. 이렇듯 간호사 빌 누나가 함께 있는 것으로 베어는 하루를 거뜬히 버틸 수 있었습니다.

새로운 시작! 베어는 이제 자신이 그렇게 행동한 것이 부끄러웠습니다. 세상에서 가장 불행한 아이처럼 행동하다니. 전혀 그렇지도 않은데. 지난 몇 시간 동안 절규하고 고통에 빠져 있던 모습과는 작별해야 할 때가 아닐까? 자신의 비극을 훌쩍 뛰어넘어야 해. 베어는 이제 새롭게 시작해야겠다고 다짐합니다.

"베어!"

간호사 빌이 아직 병실에 있다는 사실을 베어는 까마득히 잊고 있었습니다.

"무슨 일이 일어나더라도 사람들이 감사하며 살 수 있는 일은 여전히 남아 있어. 정말이야. 감사하는 마음을 조금만 가져도, 슬픈 표정을 짓고 불만에 차서 살아가는 것보다 훨씬 즐겁게 살아갈 수 있어. 자, 금방 네 아침 식사를 가져올게!"

베어는 머릿속으로 간호사 누나 빌을 그려 보았습니다. 뺨에 커다란 화상 흉터가 있는 빌 누나는 금발에 푸른 눈을 가진 간호사 애니보다 훨씬 아름다웠습니다.

붕대로 가려진 어둠의 세계에서 수많은 것이 떠밀려 나

가기 시작했습니다. 베어는 깊이 생각하면 할수록 모든 것을 잃어버린 게 아니라는 사실을 깨달았습니다.

이제 또 다른 삶이 문 앞에서 베어를 기다리고 있었습니다. 손가락으로 세상을 더듬으며, 목소리와 잡음을 구별해야 하는 삶이었습니다. 앞으로 손과 귀는 눈이 하는 일을 떠맡을 것입니다.

시각장애인이 된다는 것은 베어가 예전에 상상했던 것과 달랐습니다. 눈이 멀면 삶의 가치가 절반으로 뚝 떨어지고, 심지어 무시를 당할 거라고 생각했습니다. 그러나 이제 베어는 과거나 지금이나 자신이 크게 달라지지 않았다는 사실을 알 수 있었습니다.

하지만 이제 아홉 살인 여동생 아네미크는 이런 것을 이해하지 못했습니다. 녀석은 눈이 안 보인다는 것을 끔찍한 대재난으로 생각합니다.

"오빠, 너무 끔찍해."

녀석이 처음으로 병실을 찾아왔을 때 떨리는 목소리로 말했습니다.

"그렇게 끔찍한 일은 아냐."

베어는 대답했습니다.

"눈이 보이지 않는 것은 말이야, 마치 극장에 앉아 있는 것과 같아. 어두운 데 앉아 있지만, 커다란 화면은 볼 수 있잖아. 나도 그런 상태야. 붕대 안에서 온갖 그림들이 나타나거든."

이 말은 사실이었습니다. 베어는 머릿속으로 병실을 보고 있었습니다. 간호사 빌도 마찬가지였습니다. 그 어떤 사람이나 물건보다 또렷하게 볼 수 있었습니다. 매일 아침 환자들을 둘러보는 의사 선생님도 그랬습니다. 아마 그 선생님은 흰머리가 희끗희끗 나 있고 안경을 쓰고 있을 것입니다.

장님으로 태어나지 않아서 다행이라고 베어는 생각합니다. 만일 그랬다면 붕대 안에서 나타나는 그림들이 훨씬 희미할 테니까요.

어느 날 오후, 정원사가 병문안을 왔습니다. 그의 두 손에는 히아신스가 가득 담겨 있었습니다.

"봄을 조금 가져왔단다. 냄새를 맡아 보렴. 병원에서 나는 소독 냄새를 잠시 잊을 수 있을 게다."

베어는 정원사를 한 번도 보지 못했지만 그의 모습을 분명하게 그려 볼 수 있었습니다. 손에 굳은살이 박힌 조용한 남자일 것입니다. 그의 손가락은 일을 많이 해서 굳어 있을 것이고, 그래서 우표 같은 것은 집을 수 없겠지요.

두 사람은 사고에 관해서 얘기를 나누었습니다.

"이런 일이 일어나다니……."

"아저씨가 잘못한 건 없어요."

베어는 재빨리 말했습니다.

"저는 이미 열 번이나 자신에게 물어보았어요. 왜 좌우를 살펴보지 않고 차도로 뛰어갔는지 말이죠."

"…… '왜' 라고 묻지 말거라, 베어. 그렇게 물어봐도 넌 평생 답을 얻지 못할 게다. 내가 일하는 정원 중 한 곳에 우람한 떡갈나무 두 그루가 있단다. 나는 이 나무들을 시암 쌍둥이라고 부르지. 왜냐하면 나무의 가장 밑에서 뻗어 나온 가지가 있는데, 이 가지는 내 다리만큼이나 굵단다. 어쨌거나 이 가지는 말이지, 다른 나무의 가장 밑에 있는 가지이기도 하거든. 왜 그럴까? 그냥 그런 일도 일어나는 거란다. 정원에서 일하다 보면 배울 수 있지. 네가 너무 골똘히 생각하면 오히려 해결될 일도 안 될 수가 있어."

베어는 함께 자란 두 그루의 떡갈나무를 보았습니다. 나중에 정원사가 집으로 돌아간 뒤, 베어는 극장에서 영사막을 보듯이 떡갈나무 곁에서 일하고 있는 정원사도 보았습니다. 잡초를 뽑고, 밑으로 처진 가지에 버팀목을 만들어 주고, 여유 있는 몸짓으로 손수레를 밀고 있는 정원사. 그

정원사는 연못 뒤편에 심어둔 덤불과 관목을 가꾸고 있었습니다.

베어가 본 것은 환상일까요? 눈이 멀었다고 해서 세상이 더 작아지지는 않습니다. 눈먼 사람도 원하기만 하면 세상을 아름답게, 혹은 추하게 생각할 수 있으니까요.

깨어난 지 일주일 후, 고통이 거의 사라졌을 즈음에 베어는 다른 병실로 옮겨야 했습니다. 이 소식을 듣자 베어의 가슴은 철렁 내려앉았습니다. 눈이 보이지 않는 상태에서 낯선 사람들과 함께 지낼 마음의 준비가 되어 있지 않았던 것입니다. 병실을 옮기면 더는 간호사 빌을 볼 수 없을지 모르기에 더욱 끔찍했습니다. 그렇게 되면 하는 수 없이 홀로 지낼 수밖에요.

"너한테 놀러 갈게. 믿어도 돼."

간호사 빌은 베어를 이동식 침대에 태우고 3병실로 가는 길에 약속했습니다. 침대의 바퀴가 계속 덜커덕거렸습니다. 복도를 따라가서 엘리베이터를 타고 아래층으로 내려갔습니다. 그리고 또다시 복도를 따라 끝까지 갔습니다. 그런 뒤 빌은 멈추었습니다. 문이 열리자 남자들의 목소리와 웃음소리가 섞여 들려왔습니다. 베어가 병실 안으로 들어가자 갑자기 귀를 찢는 듯한 소리가 들려옵니다.

"세상에!"

고함 소리에 베어는 새삼 자신이 볼 수 없다는 사실이 힘겨웠습니다. 불안한 마음으로 3병실의 새로운 침대로 갔습니다. 이 병실에는 몇 명의 남자들이 있지? 지금 모두가 나를 보고 있는 걸까?

"하느님 맙소사!"

구석에서 한 환자가 속삭였습니다. 이어지는 침묵은 숨이 막힐 것 같았습니다.

"베어, 이제 너를 침대로 옮길 테니까 팔로 내 목을 감아 봐."

해맑은 간호사 빌의 목소리가 공허감을 채워 주었습니다. 빌은 자신을 번쩍 안아 침대로 옮겼습니다.

그리고는 빌이 자기 물건들을 침대 곁에 있는 탁자 위로 옮겨 놓는 소리가 들렸습니다. 히아신스가 담겨 있는 꽃병. 학급 친구들이 보내 온 과일 바구니.

"아, 이를 어째? 네 라디오를 깜빡했어!"

베어는 부모님에게 이어폰이 달려 있는 라디오를 받았습니다. 덕분에 베어는 다른 사람들을 방해하지 않고서도 라디오 드라마나 음악을 들을 수 있었습니다.

"금방 가져올게!"

간호사 빌이 그렇게 말하고 급히 사라지자 베어는 금세 두려움과 외로움을 느꼈습니다. 이제 난 이디에 있는 걸까? 옆 침대에는 누가 있지? 그때 가까이에서 목소리가 들려왔습니다. 거칠기는 했지만 쾌활한 목소리였습니다.

"반갑다, 나는 게리트라고 해. 네 옆 침대에 있지. 닻줄에 걸려서 그만 내 두 다리가 완전히 망가졌어. 내 옆 자리에는 아브 아저씨가 있는데, 하루 종일 자신의 맹장 이야기만 하거든. 그래서 말인데, 네가 내 옆에 와서 정말 기쁘단다."

갑자기 손 하나가 베어에게 쭉 뻗었다가 재빨리 사라졌지만 베어는 볼 수 없었습니다.

"계속해서 소개를 해 볼까? 이 병실에는 너를 포함해 모두 여섯 명이야."

"네……."

베어는 약간 당황한 모습으로 중얼거렸습니다. 어떻게 행동해야 할지 알 수가 없었습니다.

"네 오른쪽, 그러니까 창가에 있는 침대에는 빵과 과자를 굽는 제과제빵사가 누워 있지. 이 친구는 위 수술을 했는데 웃으면 안 된대. 웃으면 아프거든. 우리가 농담을 하면 이 친구는 웃음을 참느라고 야단이야. 너도 그런 모습을 보면 좋을 텐데. 그 친구 아내가 과자와 빵을 매일 가져오는 바람에 배가 터질 지경이야. 어쨌거나 우리는 운이 좋아."

베어는 제과제빵사의 모습을 그려 보았습니다. 분명 대부분 제과제빵사들처럼 얼굴이 누렇게 떠 있을 것입니다.

"맞은편 침대에는 귀공자가 허리를 펴고 점잖게 앉아 있어. 이 친구는 비단으로 만든 오렌지색 파자마를 입고 있는데, 아무한테나 파자마를 자랑스럽게 보여 주지."

"제발 그만해, 게리트!"

갑자기 세련된 목소리가 들려옵니다.

"내가 벌써 다섯 번이나 말해 줬잖아? 이 끔찍한 파자마는 내 아내가 샀단 말이야!"

베어는 웃음을 터뜨리고 말았습니다. 오렌지색 파자마를 입고 있는 모습을 자신도 볼 수 있으면 정말 좋을 텐데.

"네 맞은편 침대에는 대학생이 있어. 늘 책만 읽고 있지. 뭐라더라, 소변학인지 심리학인지를 공부한다고 하더군. 그러니까 이 친구는 하루에 여섯 번 소변을 받거든. 신장에 문제가 있대. 나머지 침대엔 지금 아무도 없어. 아브 아저씨 같은 환자가 들어오면, 나는 이 병실에서 나갈 거야. 내 다리가 어떻게 되든 말이야."

　간호사 누나 빌이 라디오를 가지고 돌아왔을 때, 베어
는 이미 3병실이 마음에 들었습니다. 힘찬 목소리로 친절
하게 설명해 준 게리트 덕분이었습니다. 하지만 무엇보다
장님으로 살아가야 하는 운명 앞에 놓인 온갖 장애물들 가
운데 최초의 장애물을 극복한 것은 베어 자신입니다.

3
그래도 삶은
아름답지 않니?

"나는 지금 어디에 있지?"

베어는 다음 날 아침 눈을 떴을 때 이런 생각을 했습니다. 잠에서 반쯤 깨어난 상태에서 혼자 누워 있던 방은 아니라고 어렴풋이 느꼈습니다. 그래, 맞아! 3병실로 옮겨왔다는 사실이 떠올랐습니다.

정말 조용합니다. 다른 사람들은 아직도 자고 있는 걸까? 옆 침대에서 게리트의 숨소리가 들려왔습니다. 창가 침대에 누워 있다는 제과제빵사에게서는 약간 소란스러운 소리가 들려왔습니다. 침대 전체가 코를 고는 것 같았습니다.

아침일까? 아니면 한밤중일까? 라디오를 켜 보면 알 수 있을 것입니다. 베어는 자리에서 일어나 탁자 위로 팔을 뻗

었습니다. 뭔가 차가운 것이 손에 잡혔습니다. 순간 요란
스러운 소리를 내며 유리가 깨지고 물이 흘러내렸습니다.

"이게…… 뭐지?"

게리트는 놀라서 벌떡 일어나는 바람에 다리에 붕대가
꽁꽁 묶여 있다는 사실도 잊어버렸습니다.

"아이고 아야, 도대체 이건!"

그는 몇 마디 욕설을 내뱉었습니다.

침대가 덜거덕거렸고, 여기저기에서 이불을 걷는 소리
가 들렸습니다. 3병실에서 자던 환자들은 이제 모두 깼습
니다.

"무슨 일이야?"

"뭐가 떨어졌어?"

"이게 무슨 소리지?"

베어는 눈이 보이지 않아 그만 실수를 저지르고 말았다
는 생각에 가슴이 아파 왔습니다.

"제가…… 제가 뭔가를 떨어뜨린 것 같아요. 이 병실에
있는 탁자는 전에 있는 병실과는 다르게 너무 앞쪽에 있어
서 그만……."

베어는 미안한 마음에 말을 더듬었습니다.

"히아신스가 담겨 있는 꽃병을 쏟았군."

게리트가 노래를 부르듯 설명을 해 주었습니다.

"꽃하고 물이 내 침대로 쏟아졌어. 간호사가 보면 내가 오줌을 쌌다고 생각할 거야."

"정말…… 정말 미안해요!"

"네가 사과할 필요 없어. 내 평생에 말이야, 꽃 때문에 잠에서 깨본 적은 없으니까!"

"벌써 아침인가요? 아니면 아직 밤이에요?"

"정확하게 오전 여섯 시 십 분이야."

오렌지색 파자마를 입고 있는 멋쟁이 남자가 세련된 목소리로 대답했습니다.

"간호사들이 곧 등장할 시간이군. 체온계와 수건, 그리고 상쾌한 아침을 몰고 올 거야."

간호사들이 들어왔습니다. 리아와 라스라고 하는 간호사였습니다. 베어는 멋쟁이 신사와 아브 아저씨가―아브 아저씨는 오늘이 병실에 있는 마지막 날이었습니다―욕실로 가는 소리를 들었습니다. 간호사들은 다른 환자들도 깨끗이 씻어 주기 시작했습니다.

게리트는 씻는 것을 별로 좋아하지 않았습니다.

"오, 간호사 아가씨, 그렇게 거칠게 씻지 마쇼! 약간만 더 친절하게 사랑을 담아 씻어 주면 안 될까? 그리고 왜 그

렇게 더럽다는 표정으로 쳐다보는 거요? 내 엉덩이에 거미
줄이라도 있는 거야?"

"그렇지 않아요, 게리트. 당신이 하는 말은 당신의 엉덩
이보다 훨씬 더러워요!"

위트와 재치가 넘치는 간호사 리아가 보기좋게 한 방 먹
였습니다.

"오, 멋진 간호사야!"

멋쟁이 신사가 맞은편에서 고함을 지릅니다.

좁은 병실에서 혼자 있을 때보다 3병실에서 지내는 시
간은 훨씬 빨리 지나갑니다. '흘러가 버리다' 라는 말이 있
습니다. 정말 특이한 말입니다. 하지만 병원에서 보내는
날들이 그러했습니다.

병원에서는 실제로 일상생활은 못하지만 재미있는 일은
여전히 많았습니다. 아침부터 저녁까지 농담과 우스갯소리
가 끊이지 않았습니다. 특히 제과제빵사 아저씨가 웃음을
참지 못해 찡그리는 모습을 보면 다들 배꼽을 잡고 웃었습
니다.

"제발 그만 좀 웃어! 히히히, 하하, 제발 그런 소리 내
지 말라고!"

베어는 제과제빵사가 아픈 배를 손으로 잡고 있을 모습이 눈에 선했습니다. 가끔 대학생의 목소리도 들려왔습니다.

"좀 조용히 할 수 없어요?"

분명 책을 읽으려고 그렇게 말하는 것이라 베어는 생각했습니다.

"야, 책 따위는 던져 버려!"

평생 책 한 권도 읽지 않았다고 솔직하게 고백한 게리트가 말합니다.

사람들이 재미있게 농담을 주고받다가 갑자기 진지해지는 순간도 있었습니다. 대학생이 삶에 관해서 현명한 얘기를 조용히 들려줄 때입니다. 이럴 때 베어는 심리학이 정말 멋진 학문이라는 생각을 합니다. 장님도 심리학을 공부할 수 있을까?

베어는 새로운 질문들이 떠오르면 또다시 불안해지곤 했습니다.

3병실에서 두번째 아침을 맞는 날이었습니다.

처음으로 베어는 일어나서 걸어도 된다는 허락을 받았습니다. 뒤뚱거리며 불안하게. 맙소사, 왜 이렇게 힘든 거야! 베어는 두 다리로 서 보았습니다. 우선 간호사 리아의 팔을 잡고 침대를 한 바퀴 돌아보았습니다. 오후가 되자 혼자서 연습을 해야 했습니다. 옆에서 게리트가 용기를 줍니다.

"앞으로 가, 베어! 그냥 걸어가면 돼. 방해물은 전혀 없어."

게리트의 응원에 베어는 용기를 얻어 계속 걸어갈 수 있었습니다. 그러다 보니 자신의 침대가 어디 있는지 알 수 없는 곳까지 가 버렸습니다. 베어는 가만히 서서 손으로 허공을 휘저어 보다가 그만 공포에 휩싸였습니다. 의자에 걸려 넘어진다거나 다른 것에 걸려 넘어질지도 모른다는 생각이 들었던 것입니다. 불안에 떨며 어찌할 바를 모르고 서 있으니 붕대 밑의 어둠이 베어를 옴짝달싹 못하게 했습니다. 급기야 어지럽기까지 합니다. 바닥이 비스듬하게 기울어졌다 싶더니만 발을 내딛는 순간 베어는 균형을 잃고 말았습니다.

"놀라지 마!"

이때 대학생의 목소리가 들리더니 베어를 잡아 주었습니다.

"두려움이 없다면 너는 훨씬 안전하게 걸을 수 있어."

"어지럽다고요!"

"내가 침대로 데려다 줄게. 이쪽으로, 그렇지!"

대학생은 자신의 팔로 베어를 받쳐 주었습니다. 그리하여 베어는 다시 안전하게 침대로 돌아갈 수 있었습니다. 베어는 거의 울음을 터뜨리기 일보 직전입니다.

"우리는 정말 끝내 주는 친구들이야!"

이 모습을 보던 게리트는 불만스럽게 소리쳤습니다.

"제과제빵사는 웃지 못하고, 멋쟁이 귀공자는 먹으면 안 되고, 나는 걷지 못하고, 베어는 앞을 못 보다니. 우리들 중에서 이 모든 것을 할 수 있는 사람은 대학생뿐이야."

"그래서 부럽다는 건가요, 게리트?"

"물론이지."

"그럴 필요가 없는데."

그렇게 말하는 대학생의 목소리는 왠지 어두웠습니다. 베어는 이틀이 지난 후 그 이유를 알 수 있었습니다.

창문에 빗방울이 떨어지고 세찬 바람이 불기 시작했습니다. 3병실은 여느 때와 달리 고요하기 그지없었습니다.

게리트는 잠을 자고 있었습니다. 지난밤에 잠을 못자서 피곤한 걸까? 제과제빵사는 잡지를 뒤적이고 있습니다. 그가 잡지를 한 장 넘길 때마다 종이 소리가 들려왔습니다. 멋쟁이 귀공자는 노트에 뭔가 적고 있었고, 문장에 마침표를 찍을 때마다 '틱' 하는 소리가 들려옵니다.

이 공간이 온갖 소리로 이루어진 작은 세계라고 베어는 생각했습니다. 그 나머지는 환상의 세계입니다. 이것으로 충분할까?

"자립할 수 있도록 계속 싸워야 해, 베어."

오후에 대학생 형이 한 말입니다.

아무것도 보이지 않는 상태에서 무슨 일을 할 수 있다는 거지? 혼자서 학교 가는 길을 찾아갈 수나 있을까? 베어는 머릿속으로 집을 생각해 보았습니다. 정원으로 들어가는 대문이 나올 때까지 걸어간다. 그리고는 오른쪽. 그래, 보도의 가장자리 위에 계단 하나를 올라가면 되지. 하지만 너도밤나무 길에는 나무들이 늘어 서 있어. 지팡이를 짚고 조심스럽게 걸어가면 부딪히지 않을까?

학교 가는 길은 네 번, 아니 다섯 번이나 길을 건너야 해. 혼자서 해낼 수 있을까? 물론 교통 상황을 잘 살펴야 할 거야. 자동차나 오토바이 소리가 들리지 않으면 지팡이를 짚고 가야겠지.

'조심하세요, 여러분. 이제 장님이 갑니다!'

사람들은 분명 자기를 쳐다볼 것이고, 뒤뚱거리며 걸어가는 모습을 보면 동정을 하겠지.

"다른 사람들이 동정해도 상처받지 않으려면 강해져야
해."

대학생 형은 어제 가슴에 와 닿는 충고를 해 주었습니다.

"동정 따위는 바라지 않는다는 점을 모두에게 보여야
해. 무엇보다 네 자신을 폐인으로 만들면 안 돼."

대학생 형은 옳은 말만 합니다. 조금만 주의하면 많은
장애물도 거뜬히 극복할 수 있을 것입니다. 물론 많은 일을
하지 못할 것도 알고 있습니다.

예를 들어, 자전거는 못 탈 것입니다. 그러면 친구들의
자전거 뒷자리에 앉아야만 하겠지? 친구들은 자신이 귀찮
아서 투덜거릴 수도 있어. 그때 누군가 베어의 팔을 만졌습
니다. 예기치 않은 상황에 그만 깜짝 놀라고 말았습니다.

"수다 좀 떨려고 왔어."

대학생 형의 목소리입니다. 다른 사람들을 방해하지 않
으려고 나지막한 목소리로 말했습니다.

"조용한데 책을 읽고 싶지 않아요?"

"지금은 그럴 기분이 아냐."

"대학에서 공부하는 건, 힘들지 않아요?"

"그렇게 힘들지는 않지만……."

대학생 형은 끝까지 말을 잇지 못합니다.

"계속 공부해야 하는 건가요?"

"아니."

갑자기 대학생의 목소리가 슬퍼집니다.

"이제 몇 주가 지나면 모든 게 끝나."

뭔가 이상하다고 베어는 생각했습니다. 대학생 형의 얼굴을 볼 수 있다면 좋으련만……. 형의 목소리에는 뭔가 다른 의미가 숨어 있는 듯합니다. 베어가 이해하지 못하는 일일까요?

"대학을 졸업하니까 기쁘지 않아요?"

"대학 공부뿐 아니라, 앞으로 모든 것이 끝나게 돼."

베어는 마지막 말을 재빨리 이해했습니다. 그러자 무서운 진실이 서서히 드러났습니다.

"그러면…… 아냐, 형이 말하는 건…….."

베어는 도저히 말을 끝까지 할 수 없었습니다.

대학생은 베어의 팔을 붙잡았습니다. 그는 다시 예전처럼 편안한 목소리로 말했습니다.

"맞아. 너도 알겠지? 나는 이제 몇 주밖에 못 살아."

"하지만……."

"놀랄 필요는 없어. 내가 최초로 죽는 사람도 아니고, 마지막으로 죽는 사람도 아닌걸. 우리는 늘 죽음을 인정도

없는 몹쓸 놈이라고 생각하지. 하지만 나처럼 죽음에 임박
하면, 마치 친한 친구에게 다가가듯 죽음에 다가갈 수 있
어."

"나는……."

베어는 목이 메어 말을 잇지 못했습니다.

"다른 사람들한테는 말하지 않기다. 우리 둘만의 비밀
이야. 알겠지?"

"하지만……."

베어는 침을 꿀꺽 삼켰습니다.

"왜 나한테만 얘기를 해 주는 거죠?"

"왜냐하면 너한테 도움이 되고 싶어서. 그러니까 내 말
은 죽음도 친구가 될 수 있으니까, 눈이 먼 것도 좋은 친구
가 될 수 있다는 뜻이야. 나는 네가 살아가면서 실망하는
일이 있더라도 네 삶을 사랑하기 바라거든."

"어?"

게리트가 마침 깨어나서 몸을 돌렸습니다.

"너희 둘이서 뭘 그리 소곤거려?"

"별거 아니에요."

대학생은 죽음이 특별한 일은 아니라는 듯 태연하게 대
답했습니다. 심지어 게리트에게 미소를 지어 보입니다.

"쳇! 하필이면 잠에서 깨서 네 낯짝을 봐야 하다니! 방금 정말 예쁜 여자 꿈을 꿨단 말이야. 금발에 쭉쭉빵빵! 나한테 무슨 말을 한 줄 알아? '게리트, 여기 나에게로 와요!' 발만 괜찮았더라면 그 여인에게 달려갔을 텐데."

"내가 아저씨라면, 지금 다시 잘 거예요. 그러면 예쁜 여자가 다시 나타날지 누가 알아요?"

대학생은 그렇게 말하며 웃었지만 베어는 울음이 터져 나오는 것을 겨우 참고 있었습니다.

"허허, 그런 쓸데없는 소리 하려면 지옥에나 가!"

게리트는 늘 그렇듯 장난을 칩니다.

매일 듣는 말장난이었지만 오늘은 베어의 가슴에 깊이 꽂혔습니다. 하늘도 슬픈지 울어 댔고, 바람도 휙휙 소리를 내며 빗방울과 함께 창문을 때렸습니다.

"날씨는 이 모양이지만 그래도 우리는 물에 젖지 않은 침대에 누워 있으니 다행이네."

제과제빵사가 말했습니다. 이 말도 베어에게는 위로가 되지 않았습니다.

이날 저녁 베어는 잠을 이룰 수 없었습니다. 대학생 형과 나누었던 대화가 자꾸 떠올랐기 때문입니다. 세상에서 들을 수 있는 가장 슬픈 이야기인 듯했습니다. 하지만 왜?

그래도 삶은 아름답지 않은가? 그리고는 다시 "왜?"라는
의문이 들었습니다.

베어는 지금까지 살아오면서 가장 아름다운 기억들을
하나씩 떠올려 보았습니다.

방학. 하지만 방학이 없다고 하더라도 잘 살 수 있어.

생일. 그래, 생일은 굉장히 좋은 거야.

운동. 운동을 못하는 사람들도 엄청 많아.

크리스마스, 12월 31일. 모두에게 즐겁고 행복한 날이
지만, 이날이 없다고 해도 살 수는 있어.

"아냐."

베어는 중얼거렸습니다. 그런 날들을 세어 본다고 해서
무슨 소용이 있지? 그런 날들 때문에 사람들이 사는 것은
아니야. 그러자 끔찍한 날들이 재빠르게 떠올랐습니다.

전쟁.

죽음. 대학생은 죽기에는 너무 젊어.

아빠와 엄마가 헤어진다면······.

베어의 이웃집에 사는 어린 얀. 그 아이는 경련성 마비
로 늘 휠체어에 앉아 있습니다.

가난, 굶주림. 지구에 살고 있는 사람들 가운데 3/4이
가난과 굶주림 속에서 살고 있다는 사실.

"특이해."

베어는 다시 한 번 중얼거렸습니다.

세상에는 아름다운 것보다 슬프고 끔찍한 것이 더 많습니다. 하지만 그렇다고 사람들이 죽기를 바라는 것은 아닙니다.

그럼 삶에 무슨 대단한 의미가 있다는 말이지? 아빠와 엄마는 때로 마음이 맞지 않을 때도 있지만 여전히 두 사람이 서로 사랑하는 것? 여동생 아네미크? 구프와 베니? 맞아! 이 사람들은 내 삶에 의미를 주잖아. 살아가는 데 사랑하는 사람들은 반드시 필요해. 그리고 다른 모든 것—아름답든 추하든—은 그 다음 번에 속해.

"아!"

베어는 마음이 가벼워졌습니다. 비록 이젠 세상을 볼 수는 없지만, 자신에게 가장 중요한 것을 여전히 잃어버리지 않았으니까요. 눈이 보이지 않더라도 사랑을 할 수 있습니다.

시간이 흐릅니다. 새로운 아침이 활기차게 시작되었습니다.

체온계를 나눠 주고 씻는 시간입니다. 걸레로 바닥을 닦는 소리가 났습니다. 이제 의사들이 회진할 시간입니다. 간지러워서 미칠 것 같았던 붕대를 의사 선생님이 훨씬 얇은 붕대로 갈아주고 반창고를 붙여주었습니다. 오후 시간의 소리가 들려옵니다. 식판을 나누어 주는 소리, 칼과 포크가 부딪히는 소리, 그리고 귀공자의 목소리도 들려왔습니다.

"왜 나는 아무것도 먹을 수 없는 거지?"

식사를 할 때면 간호사 리아가 베어의 손을 잡아 주었고, 대학생 형도 자주 잡아 주었습니다.

"이제 혼자서 한 번 먹어 봐."

어느 날 점심 베어는 이런 말을 들었습니다.

"접시 오른쪽에는 아주 잘게 썬 고기가 있어. 다른 반찬도 포크로 찍어먹기 편하게 작게 썰었어."

"다 흘리고 말 거예요."

베어는 혼자서 먹고 싶지 않았습니다.

"괜찮아! 시간이 지나면 흘리지 않을 테니까."

"나는 볼 수 없잖아요."

"그래도 느낄 수는 있잖아? 박쥐도 눈이 안 보여. 그런데도 녀석들은 나무 주위는 물론 나뭇가지 사이로 잘 날아다니잖아. 게다가 벽을 따라 날기도 하고 지붕을 따라서 날아다니기도 해. 왜 그런지 알아?"

"아뇨."

"모든 사물은 파장을 내보내. 이 파장을 박쥐들은 감지하는 거지. 내 생각에 사람들도 그런 레이더 장치를 이용할 수 있다고 봐. 그런 능력을 한번 키워 봐, 베어! 그러면 너도 다른 사람한테 의지하지 않아도 되잖아!"

"내가 할 수 있다고 생각해요?"

"물론이지. 나는 시각장애인들이 축구하는 것도 봤는걸. 상상해 봐. 운동장에 거의 아무것도 볼 수 없는 사람들이 팀을 나눠 시합하는 거야. 이 사람들이 공을 잡지 못할 것 같지? 천만에! 놀라운 건 말이야, 패스도 하고, 또 상대 선수를 속이는 패스도 하고, 골문으로 공을 차기도 한다니까. 이런 일이 어떻게 해서 가능한지 아무도 몰라. 그렇지만 사실인걸. 이 사람들은 공이 어디 있는지 들을 수 있대. 그리고 상대편 선수가 어디에 서 있는지도 감각으로 안다는 거야."

베어는 칼과 포크를 쥐어 보았습니다. 접시의 가장자리를 만졌고, 포크로 고기를 집어서 칼로 먹기 좋게 잘랐습니다. 생각했던 것보다 베어는 그다지 많이 흘리지 않고 따뜻한 음식을 자기 힘으로 먹는데 처음으로 성공했습니다.

식사가 끝나자 대학생은 베어를 복도로 데리고 나갔습

니다. 그러더니 갑자기 베어의 팔을 놓고서는 이렇게 말했습니다.

"자, 혼자서 걸어 봐!"

"하지만……."

"너는 할 수 있어. 앞으로, 계속 앞으로 가면 돼."

베어는 조심스럽게 한 발자국씩 내딛다가 갑자기 멈추었습니다.

"왜 계속 가지 않니?"

"뭔가, 뭔가 앞에 있는 것 같은 느낌이 들어요."

베어는 팔을 쭉 뻗어 보았습니다. 정말 뭔가가 있었습니다. 바로 앞에 벽이 있었던 것입니다.

"알겠지?"

대학생은 의기양양하게 소리를 질렀습니다.

"너도 느낄 수 있잖아, 안 그래?"

베어는 확실하지는 않았지만 자기 앞에 뭔가 있다는 느낌이 들었고, 알고 보니 벽이었습니다.

오후가 시작되는 소리. 낮잠을 자는 게리트의 코 고는 소리. 복도에서 발을 질질 끄는 발자국 소리가 들렸습니다. 사람들의 목소리, 꽃다발과 과자를 포장한 종이 소리가 바스락거렸습니다.

이제 환자를 방문하는 시간입니다. 그러면 어머니가 찾아오거나, 할머니나 여동생이 함께 오기도 합니다.

"긴 머리에 수염이 나고, 좀 사납게 생긴 남자는 누구냐?"

한번은 할머니가 나지막한 소리로 물었습니다. 할머니는 머리 기르는 남자를 좋아하지 않았습니다.

"그런 사람은 이 병실에 없는걸."

베어가 대답했습니다.

"있어. 네 맞은편 침대에 있다니까."

이제야 베어는 대학생 형을 가리키고 있다는 것을 알았습니다. 할머니의 말을 들은 베어는 자신이 상상한 대학생의 모습과 너무 달라서 당황스러웠습니다. 또다시 씁쓸한 기분이 들었습니다. 사람들을 외모에 따라서 판단한 것입니다. 수염, 긴 머리, 멋진 양복, 짧은 옷. 이 모든 겉모습은 눈이 보이지 않으면 아무런 소용이 없습니다.

"그 사람은 내가 제일 좋아하는 친구야."

베어는 신경질을 내며 대답했습니다.

자신의 말에 할머니가 어머니를 흘겨보는 듯한 느낌이 들어서 베어는 할머니가 죄책감을 느낄 수 있는 말을 한 마디 더 하고 말았습니다.

"앞으로 몇 주밖에 못 산대요."

아침, 점심, 저녁, 그리고 밤은 늘 그렇듯 차례로 흘러가지만, 3병실에서 지내는 낮 시간은 조용하게 흘러가지 않았습니다. 베어가 평생 기억할 수밖에 없는 많은 일이 일어났으니까요.

무엇보다 베어는 대학생 형과 자주 대화를 나누었습니다. 대학생은 앞으로 힘들게 살아갈 베어를 최선을 다해 도와주었습니다. 그리고 딱 한 번, 왜 그가 베어에게 도움을 주는지 말해 주었습니다.

"내 일부분이 네 속에서 계속 살아가기를 바라기 때문이야."

베어는 반드시 그렇게 될 것이라고 말했습니다. 그리고 약간은 거칠다고 생각한 게리트와도 점점 친해졌습니다. 그의 말투는 거칠지만 마음은 따뜻했습니다. 베어를 위하는 마음은 감동적이니까요.

"간호사!"

한번은 정말 엄격하기 이를 데 없는 간호사 라스에게 말을 건넸습니다.

"베어를 휠체어에 태워서 이 병원을 좀 돌아다니면 안 될까요? 그러면 오렌지색 파자마, 제과제빵사, 그리고 구석에 있는 저 수염 기른 젊은 녀석 외에 다른 것들을 볼 수 있을 텐데."

간호사 라스가 휠체어를 가져오자 게리트는 신이 나서 휠체어에 앉았습니다.

"밀어 봐, 베어! 마비된 사람을 장님이 인도하는 거야."

두 사람은 복도 끝에서 끝까지 달리면서 신나게 놀았습니다. 갑자기 게리트가 비밀 얘기를 할 때처럼 소곤거렸습니다.

"잠깐 세워, 베어. 뒤로 조금 당겨 봐. 오른쪽으로 돌려. 약간만 더. 자, 이제 천천히 앞으로 가는 거야. 소리는 내면 안 돼."

베어는 휠체어를 조심스럽게 앞으로 밀었습니다.

"약간 왼쪽이야."

게리트는 거의 들리지 않을 정도로 속삭였습니다.

'무슨 계획이 있는 걸까?'

병원의 주방 근처에 있는 게 분명하다고 베어는 생각했습니다. 접시 위에 컵 올리는 소리를 들을 수 있었습니다. 수도꼭지에서 물이 흘러나오는 소리도 들렸습니다. 잠시 후 베어는 놀랍게도 간호사 리아의 목소리를 들었습니다.

"앗! 두 사람, 여기서 뭘 해요?"

"밀어, 베어, 힘이 빠질 때까지 계속 밀어!"

베어가 두 발자국을 옮겼을 때였습니다.

"베어, 멈춰!"

간호사 리아는 미소를 띤 얼굴로 고함을 질렀습니다.
리아는 휠체어에 밀려 구석에 낀 것일까?

"베어, 이제 귀를 꼭 막고 있어!"

게리트가 쉰 목소리로 속삭였습니다.

"리아, 여기로 좀 와 보지 않겠어?"

"싫어요…… 게리트. 좀 놔 줘요!"

베어는 간호사 리아의 발소리와 바스락거리는 앞치마
소리를 들었습니다. 그런 뒤 리아가 균형을 잃고 그만 게리
트의 무릎 위로 털썩 주저앉는 듯했습니다.

"안 돼, 게리트! 이러면 정말……."

간호사 리아는 숨이 막혀 더 말을 하지 못하는 것 같았
습니다. 그 이유는 충분히 짐작할 수 있었습니다.

한동안 조용했습니다. 베어는 솥이 가스난로 위에서 끓
고 있는 소리를 들을 수 있었습니다. 자신이 꼭 쥐고 있던
휠체어까지 심하게 흔들렸습니다.

"됐어."

게리트는 만족스럽다는 듯 나지막하게 말했습니다.

"이번이 처음이지만, 절대 마지막은 아닐 거요!"

두 사람은 서로의 얼굴을 쳐다보고 있는 것일까? 또 입을 맞추려는 것일까? 베어는 흥미진진하게 간호사 리아의 반응을 기다렸습니다. 어쩌면 화가 나서 게리트의 따귀를 때릴지 누가 알겠어요? 하지만 이런 일은 일어나지 않았습니다.

"하지만 게리트!"

간호사 리아의 목소리는 결코 화가 난 목소리가 아니었습니다. 오히려 정반대였습니다.

리아가 다시 일어났습니다. 옷매무새를 다시 매만지는 것일까?

"리아, 일 년만 있으면 나는 배를 살 거요. 화물배지. 그러면 반드시 당신을 내 배로 초대하리다!"

"당신 미쳤어요!"

게리트는 아이처럼 즐거워하며 웃었습니다.

"자, 베어, 이제부터 출발이다. 다시 복도로 돌아가자고!"

베어는 한 손으로 휠체어를 뒤로 끌었고, 다른 손으로 문을 짚었습니다.

"아니, 아니야! 약간 왼쪽으로 돌려야지."

게리트는 신나게 고함을 질렀습니다. 그러더니 곧장 부드러운 목소리로 이렇게 말하는 것입니다.

"리아, 당신과 배에서 산다면 세상에서 부러울 게 없을 거요!"

베어는 배 위에서 게리트가 간호사 리아를 꼭 안고 있을 모습이 눈에 선했습니다.

"베어, 네가 잊어서는 안 되는 게 있어."

복도로 나왔을 때 게리트가 말했습니다.

"너는 아무것도 보지 않았고 또 듣지도 않은 거야. 알았지?"

"네. 나는 정말 아무것도 보지 않았어요."

베어는 싱긋 웃었습니다. 처음으로 자신이 볼 수 없다는 사실을 아무런 고통 없이 인정할 수 있었습니다. 그러고 나자 말할 수 없는 해방감을 느꼈습니다.

"좋았어. 이제 병실로 돌아가자. 가서 귀공자님을 좀 놀려 줘야지."

자기 침대에 눕자 베어는 대학생 형도 그렇고 게리트 역시 자신을 많이 신뢰하고 있다는 생각이 들었습니다. 또 이런 생각도 했습니다. 만일 내 눈이 멀지 않았더라도 두 사람은 지금처럼 솔직하게 행동했을까?

드디어 반가운 소식을 들을 수 있는 아침이 왔습니다.

의사는 베어의 눈을 칭칭 감았던 붕대를 풀고 다 아문 상처를 확인하더니 이렇게 말했습니다.

"상태가 좋아. 베어, 내일은 집으로 돌아가도 되겠어."

집으로. 이 말을 듣자 베어는 하늘을 날아갈 듯이 기분이 좋았습니다. 하지만 이내 또 다른 고민이 생겼습니다. 대학생 형에게 어떻게 이 소식을 전하지?

4
다시 집으로
돌아오다

"맙소사!"

베어는 아버지와 어머니가 택시를 타고 자신을 데리러 왔을 때 마음속으로 그렇게 외쳤습니다. 앞으로 바뀌게 될 환경을 어떻게 극복할 수 있을지 걱정스러웠던 것입니다.

작별의 순간은 힘들었습니다. 간호사 빌, 다른 간호사들, 그리고 3병실에 있는 사람들과의 이별. 헤어지는 일은 예상했던 것보다 훨씬 슬펐습니다. 간호사 빌은 베어에게 입을 맞추면서 화상을 입지 않은 부드러운 볼을 베어의 볼에 갖다 대었습니다.

"용기 있게 살아가겠다고 약속해 줘, 베어! 자주 너를 보러 갈게."

병실 사람들과도 이별을 해야 하는 순간이 왔습니다. 그 동안 정이 들었던 환자들을 두고 혼자서 퇴원한다는 게 베어는 몹시 마음에 걸렸습니다. 제일 먼저 손을 뻗쳐서 제과 제빵사의 침대부터 갔습니다. 그런 다음 귀공자에게 갔습니다.

"잘 지내요! 그리고 꼭 다시 만나요!"

자신도 모르게 다시 만나자는 말을 했지만 베어는 자신이 몹시 멍청하다는 생각이 들었습니다.

게리트는 여느 때처럼 농담을 하다가 마지막에는 진지해졌습니다.

"네가 많이 보고 싶을 거야. 이제 누가 나를 주방으로 데려다 주겠어? 리아와 나는 너에게 카드를 보낼 생각이야. 만일 일이 잘 되면 말이다."

베어가 침대를 더듬으며 대학생이 누워 있는 구석을 찾고 있을 때 등 뒤에서 누군가 떨고 있는 듯한 느낌이 들었습니다. 대학생은 자신의 침대가 아니라 문 앞에서 베어를 기다리고 있었습니다.

"고맙습니다…… 정말 너무 고마워요!"

베어는 대학생 형에게 많은 말을 하고 싶었지만 이 말밖에 나오지 않았습니다. 다행스럽게도 대학생은 짤막한 인사말을 했습니다.

"잘 가, 베어. 삶을 사랑하렴. 그리고 의미 있는 삶을 살기 바란다."

베어는 고개를 끄덕였습니다.

"잘 가, 베어!"

"형도 잘 지내요!"

베어는 아버지와 어머니의 손을 잡고 긴긴 복도를 걸어 출구 쪽으로 갔습니다. 커다란 회전문에서 잠시 넘어질 뻔해 어머니가 깜짝 놀랐지만, 무사히 기다리고 있던 택시에 올라탔습니다.

"자, 이제 갑시다."

아버지가 말했습니다.

"그래요!"

어머니도 재촉했습니다.

택시는 출발하여 모퉁이를 돌았습니다.

실제의 삶을 준비하는 대기실이었던 병원은 이제 과거가 되어 버렸습니다. 몇 주 사이에 얼마나 많은 일을 겪었는지…….

베어는 아무런 걱정 없이 운동하며 뛰놀았던 시절이 이제 완전히 끝나고 말았다는 생각을 했습니다. 물론 베어가 갑자기 성장한 것은 아니었습니다. 하지만 소년 시절 가운데 중요한 부분을 영원히 잃고 만 것입니다.

택시를 타고 집으로 가는 길에 베어는 참을 수 없는 두려움을 느꼈습니다. 베어가 상상했던 것보다 훨씬 힘든 느낌이었습니다. 잘 알고 있는 길들을 볼 수 없다니……. 이제는 볼 수 없는 거리에서 들려오는 소음들. 보이지 않는 사람들이 보행자 구역을 걷고 있습니다. 보이지 않는 집들, 나무들, 철로.

"어디쯤 왔어요?"

"케르크브린크 거리에 왔어."

3병실의 작은 세상에서는 참을 수 있었던 어둠이 다시 베어를 억누르기 시작했습니다. 그는 자신이 마치 차표도 끊지 않고 삶이라는 차를 탄 승객 같다는 느낌이 들었습니다. 아무것도 보이지 않는 가운데 택시가 모퉁이를 돌고 브레이크를 밟자 베어는 이를 꽉 깨물었습니다.

"어디쯤 왔어요?"

"우리는 지금 반드릴 거리를 지나가고 있단다."

아버지와 어머니는 베어에게 거리의 이름을 얘기해 주면 세상과 아들 사이에 다리를 놓아 줄 수 있다고 생각했지만, 그렇지 않았습니다. 이 순간 부모님도 너무나 힘들었습니다. 눈먼 자식을 집으로 데려간다는 것이…….

택시는 조금 천천히 갔습니다.

"이제 다 왔네."

아버지가 말했습니다. 그러면서 용기를 내라는 듯 베어의 무릎을 톡톡 쳤습니다. 아버지는 택시비를 내기 위해 서둘러 차에서 내렸습니다.

베어는 택시에서 선뜻 내려오지 못하고 있었습니다. 갑자기 두려워진 베어는 어머니의 팔을 꼭 붙들었습니다.

이제 베어는 정원 울타리 앞에 서 있습니다. 집은 뒤쪽에 있었지만 아무것도 보이지 않았습니다. 그의 머릿속에는 마치 검은색 커튼이 쳐져 있는 느낌이었습니다.

다시 집으로 돌아왔어. 하지만 예전과는 달리 정원을 통해서 집으로 가는 길은 불안하기만 했습니다.

문이 열립니다. 아네미크의 흥분된 목소리가 저편에서 들려왔습니다.

"오빠! 다시 집에 돌아와서 너무 좋아!"

동생은 오빠의 귀에 입맞춤을 했습니다. 그리고는 다시금 온 세상이 깜깜해졌습니다.

"계단이니까 조심!"

아버지가 경고를 합니다. 이 말을 듣자 베어는 큰 벌에게 쏘인 듯 눈앞이 더욱 캄캄해졌습니다. 마음이 어수선해서 그런지 베어는 하마터면 문 앞에서 넘어질 뻔했습니다.

다시 집으로. 베어는 이제 집 안에 있는 마루 복도에 서 있습니다. 한때 그토록 익숙했던 복도였지만 이제는 보이지 않는 복도. 그래서 기쁘지 않았습니다.

"드디어 집에 돌아왔구나."

어머니의 목소리는 밝고 행복했습니다. 장애인이 되어 버린 아들이지만 이제부터 집에서 보살필 수 있어서 안심이 되었던 것입니다.

"케이크도 보내 왔어. 구프는 오빠가 왔는지 전화를 했었고. 덴 베스테 부인은 초콜릿 한 통을 가져왔더라. 그리고 만제 고모……."

"됐다. 천천히 얘기해도 되잖아."

아버지는 조금 신경질적인 목소리로 아네미크의 말을 막고 담배에 불을 붙이려고 라이터를 켰습니다. 하지만 라이터는 제대로 켜지지 않았습니다.

베어는 천천히 복도를 따라 걸어 보았습니다. 어머니가 조심스럽게 자신의 팔을 붙잡아 주었지만, 어머니의 팔을 슬쩍 밀어냈습니다. 눈을 감싼 얇은 붕대 안의 세계는 끔찍한 불행이라도 일어날 것처럼 어두웠습니다.

"피곤하니? 누울래?"

베어는 고개를 저었습니다. 혼자 있고 싶다는 생각뿐이었습니다. 두려움과 슬픔으로 금방이라도 울어 버릴 것 같아 혼자 있고 싶었습니다.

"우선 내 방부터 가 볼래요."

마침내 베어는 계단을 찾아서 계단 하나를 올라갑니다. 하지만 어머니는 벌써 아들 곁으로 다가왔습니다.

"혼자 할 수 있어?"

"응, 엄마. 나 혼자 할 수 있어."

자신이 돌아와서 기뻐하는 가족들에게 상처를 주지 않으려고 되도록 친절하게 대답을 했습니다.

"가만히 내버려 둬."

아버지의 목소리가 나지막하게 들려왔습니다. 아버지는 어머니와 아네미크를 바라보며 주의를 준 게 틀림없습니다.

마지막 계단에서 베어는 넘어질 뻔했지만 다행히 손바닥으로 이층 바닥을 재빠르게 짚는 바람에 균형을 잡을 수 있었습니다.

울음이 터질 것 같은 참담한 심정으로 베어는 겨우 자기 방을 찾았습니다. 하지만 방문을 어느 정도 열었는지 가늠하지 못해서 문을 너무 큰 소리로 닫아 버렸습니다. 쾅! 어쩌면 아래층에 있는 식구들이 오해를 할 수도 있습니다. 기분이 나빠서 그렇게 문을 소리 나게 닫았다고 말입니다.

다시 집으로 돌아왔습니다. 베어는 숨을 한 번 깊이 들이쉬고, 몇 번 앞뒤로 걸어 보았습니다. 균형감을 찾는데 그리 오랜 시간이 걸리지는 않았습니다.

방에서는 새로 도배를 한 냄새가 났습니다. 내가 입원해 있는 동안 아버지가 방을 수리했을까? 베어는 조심스럽게 벽을 어루만져 보았습니다. 문에서도 냄새가 났습니다. 방문을 새로 칠한 것 같지는 않았습니다.

침대는 있던 자리에 있었지만, 이게 뭐지?

책상이 있던 곳의 벽에 선반이 만져졌습니다. 새로 설치된 그 선반에는 크고 작은 서랍이 달려 있었습니다. 아빠와 엄마는 이 선반을 직접 만들고 색칠까지 한 것일까?

"설마 이렇게까지……."

베어는 눈물이 핑 돌았습니다. 서랍이 달려 있는 선반! 서랍에 필요한 물건들을 정리해 넣어 두면 원하는 물건을 쉽게 찾을 수 있을 것입니다.

책상은 이제 창문 오른쪽에 있었습니다. 베어는 책상 둘레를 돌다가 의자와 부딪혔습니다. 넘어지지 않으려고 뭔가 붙잡으려다가 책상 위에 놓인 무겁고 쇠로 된 물건을 만졌습니다.

"이런……."

동그란 회전용 버튼과 앞으로 튀어나온 금속 부분, 그리고 자판이 손에 닿았습니다.

"타자기네."

베어는 이렇게 중얼거리고 책상 위를 계속 더듬거리다가 다른 물건도 만져 보았습니다. 그의 손가락은 다시 자판기를 만지고 있었습니다. 타자기가 또 있어? 왜 두 개씩이나? 낭비 아냐? 하지만 잠시 후 베어는 그 이유를 알았습니다. 앞으로 나는 볼펜이나 연필로 숙제를 하지 못할 거야. 글씨를 알아볼 수 없을 테니까. 그러니 타자기가 필요하겠지.

그렇다면 처음 타자기보다 자판이 훨씬 작은 타자기는, 시각장애인들이 사용하는 것일까?

"맞아!"

책상의 왼쪽에는 몇 장의 종이가 있었습니다. 베어의 손가락은 종이 위로 튀어나온 점자를 느낄 수 있었습니다.

시각장애인용 타자기는 아버지와 어머니가 자신을 위해 신경을 많이 썼다는 것을 말해 주는 증거입니다. 두 분은 눈이 멀게 된 아들을 곰곰이 생각하다가 두 개의 타자기를 마련한 것입니다. 분명 어머니는 시각장애인들이 사용하는 타자기를 손수 몇 번이고 시험해 보았을 것입니다.

베어는 열린 창가로 가서 봄의 공기를 들이마셨습니다. 마치 대학생 형이 해 주었던 이야기가 바람에 실려 오는 것 같았습니다.

"베어, 진정으로 한 사람의 눈을 멀게 하고 마비시키는 것은 불신, 두려움, 반항 같은 거야. 이런 것은 모두 어두운 것들이지. 하지만 신뢰와 용기, 삶에 대해 긍정하는 자세로 살아간다면 다시 밝아질 거야!"

대학생이 한 말은 옳습니다. 3병실에서 집으로 오는 길은 베어에게 완전히 어둠이었습니다. 하지만 지금 베어는 다시 눈앞에서 직접 사물들을 보는 것만 같았습니다.

베어는 머리를 창 밖으로 내밀어 봅니다. 창 밑에는 정원이 있습니다. 익숙한 그림들이 떠올랐습니다. 잔디와 요하네스 딸기 덤불이 있겠지. 이 덤불은 지금쯤 활짝 피어 있을 거야. 그 뒤에는 어머니가 가꾼 덩굴장미가 있고, 창고로 가는 길이 있어.

"그래!"

베어는 큰 소리로 말했습니다. 그리고 손과 얼굴에 쏟아지는 햇볕을 느꼈습니다. 나뭇가지에 앉아 있는 지빠귀들이 우는 소리가 들려왔습니다.

만물이 생동하는 계절이고 소풍을 가는 계절입니다.

집으로 돌아와서 얼마나 기쁜지 부모님께 말해야지.

"집으로 돌아와서 정말 기쁘구나!"

맛있는 음식이 잔뜩 차려진 식탁에 앉자 아버지는 이렇게 말했습니다.

양고기 스테이크, 튀긴 감자, 신선한 야채들이 있었습니다. 베어가 집으로 돌아온 것을 축하하기 위해서 잔칫상을 차린 것입니다. 눈이 할 일을 이제 코가 대신 떠맡았기에, 베어는 그릇에서 나는 음식 냄새를 맡았습니다.

"배고프니?"

"응, 엄마."

"구프야, 네가 먹을 만큼 고기를 덜어 놓고, 고기 접시는 옆 자리로 전해 주렴."

"잘 먹겠습니다."

어머니는 베니와 구프를 식사에 초대했습니다. 어쩌면

어머니는 모든 것이 예전과 같아지기를 바라고 있는지 모릅니다.

베어는 친구들이 와 주어서 기뻤지만, 마음은 가볍지 않았습니다. 이유는 알 수 없었습니다. 친구들은 식사를 하면서 즐겁게 떠들었지만, 어쩐지 공허하게 울려 퍼지기만 했습니다. 친구들의 말은 마치 옷을 제대로 집지 못하는 빨래집게 같았습니다.

"토요일에 네가 우리를 봤더라면 좋았을 텐데. 해리가 공격수였고 키즈는 오른쪽, 그러니까 네 자리에서⋯⋯."

"그 자식 아버지가 회장이니까 그런 거야. 다른 이유는 없어. 그 보릿자루 같은 녀석이 기회를 놓쳐서 우리 팀이 진 거야."

친구들은 사흘 전에 축구시합에서 3 : 0으로 패한 것 때문에 아직도 흥분해 있었습니다. 골을 하나 넣었지만 억울하게도 무효 판정이었다고 합니다. 선심이 오프사이드를 못 보았다는 것입니다. 축구, 축구, 축구⋯⋯. 세상에는 병원 같은 것은 없다는 듯 축구 이야기뿐이었습니다.

베어는 한두 번 정도 게리트, 대학생 형, 귀공자에 관해서 얘기를 꺼내 보았습니다. 베니와 구프는 참을성 있게 들어주었지만 공감은 하지 않았습니다. 오렌지색 파자마를 입고 있다는 이야기가 끝나자마자 친구들은 다시 축구 얘기로 돌아갔습니다.

"구프, 일요일에 그루프 선수가 골 넣는 장면 봤어?"

"물론이지. 정말 끝내 주더라."

베어는 자신이 빨랫줄에 달려 있는 쓸모없는 빨래집게 신세라는 생각을 했습니다.

집으로 돌아와 처음으로 3병실이 그리웠고, 대학생 형과 나눴던 대화가 그리웠습니다. 솔직히 말하자면 꼭 그런 것만은 아닙니다. 사고를 당하기 전에 자신도 친구들처럼 축구에 열광하고, 늘 축구 얘기가 재미있었으니까요.

맞아. 베니와 구프 탓이 아니야. 내가 아직 병원이라는 세상에서 나와 운동장으로 뛰어가지 못할 뿐이야.

"베어, 내가 도와줄까?"

어머니는 모두가 식사를 끝내자 그렇게 물었습니다.

"아뇨, 나 혼자 할 수 있어요. 다 흘리기는 했지만, 병원에서도 나 혼자 했는걸."

"많이 흘려도 상관없다."

아버지는 이렇게 말한 뒤 그만 입을 다물고 말았습니다. 마침 베어가 접시 위에 있는 고기 조각을 제대로 찍지 못해 빈 포크를 입에 넣었기 때문인지 몰랐습니다.

"학교는 어때?"

베어는 즉시 이상한 분위기를 알아채고 재빨리 이야기 주제를 바꾸었습니다.

"숙제 때문에 죽을 지경이야. 오늘도 두 가지나 돼. 수학과 프랑스어."

"지볼트는 말이야, 숙제를 너무 엉망진창으로 제출해서 낙제점을 받았어!"

"이제 나는 그런 일도 없을 거야."

베어는 농담으로 한 말이었지만 아무도 웃지 않았습니다.

사실 자신이 집에 돌아온 것을 축하하기 위해 열린 파티였지만, 실제로는 파티 분위기와 거리가 멀었습니다. 베어는 접시에 놓인 양고기를 제대로 찾지 못해 포크로 이리저리 찌르기만 했고, 샐러드는 온통 여기저기 흩어져 버렸습니다. 그런데도 사람들은 편안한 분위기를 만들어 주려고 애썼습니다. 왜 일이 이렇게 된 것일까요?

그제야 문득 베어는 뭔가 깨달았습니다. 모두가 자신에게 관심을 가져 줄 것이라는 믿음에서 무의식적으로 더 많은 동정심을 받으려고 했던 것입니다. 그러니 이제 더 토라질 필요가 없었습니다. 지금이야말로 3병실에서 뛰쳐나와 자신의 집에 적응할 때였습니다. 베어는 튀긴 감자를 포크로 찍어서 한 입 베어 물었습니다.

"토요일은 어디에서 시합을 해?"

베어는 입에 음식을 잔뜩 넣은 채 물어보았습니다.

"빅토리아 팀하고 붙어. 운동장에서."

베니가 대답했습니다.

"힘든 시합이 될 거야. 2위는 해야 되거든."

"보러 가도 돼?"

베어는 이젠 볼 수 없지만 그렇게 말했습니다.

"물론이지!"

구프가 재빨리 대답했습니다.

"네가 와 주면, 우리 팀은 더 힘낼 수 있을 거야."

"내가 데리러 올게."

베니가 기뻐서 어쩔 줄 몰라 하며 말했습니다.

갑자기 세 친구는 예전처럼 서로를 좋아하고 신뢰하는 사이로 되돌아왔습니다. 축구, 학교, 여자 애들, 파티, 병원 얘기가 시작되자 끝이 나지 않을 것처럼 쉼 없이 이어졌습니다. 이제 세 사람의 대화는 깨끗하게 빨아 놓은 빨래를 꼭 집고 있는 빨래집게 같았습니다.

베어가 돌아온 첫날부터 아버지와 어머니는 아들이 혼

자 힘으로 살아가려고 하는 의지를 볼 수 있었습니다. 무엇이든 부모가 도와주려는 것을 베어는 거절했습니다.

"아니, 내가 할게요."

혹은 이렇게 말했습니다.

"내가 나를 가장 잘 도울 수 있어요."

베니와 구프가 집으로 돌아가자 베어는 피곤했지만 즐거운 기분으로 방에서 쉬겠다고 말했습니다.

"그래, 나중에 이층에 올라가마."

아버지와 어머니는 이렇게 말은 했지만, 여동생에게 오빠의 뒤를 따라가 보라고 눈짓을 보냈습니다.

대부분 아이들은 아주 넓고 아름다운 내면의 세계에 살고 있지만, 다른 사람들은 이 세계를 조금밖에 들여다보지 못합니다. 아이들은 주변 사람들이 추측하는 것보다 훨씬 많은 것을 보고 알고 느낍니다. 아네미크도 그렇습니다. 녀석은 온갖 얘기를 늘어놓으면서 베어가 올라가는 계단을 뒤따라갔습니다. 그러는 동안 아네미크는 오빠의 내면을 들여다볼 수 있었습니다.

"재미있었어?"

"응."

"오빠가 집에 오니까 정말 좋아."

"나도 그래."

짤막한 답을 하는 사이, 아네미크는 침대에서 오빠가 잘 찾을 수 있는 자리에 파자마를 내려놓았습니다. 녀석은 오빠가 부딪히거나 의자에 걸려 넘어지지 않도록 세심하게 주의를 기울였던 것입니다. 동생이 도와준 덕분에 베어는 수건과 칫솔을 금세 찾을 수 있었습니다. 아네미크는 지금처럼 오빠를 가깝게 느껴 본 적이 없었습니다. 그래서 그랬는지, 두 사람의 대화는 조금씩 진지해져 갔습니다.

약간 주저하면서 베어는 동생에게 물었습니다.

"내가 병원에 있을 동안 아버지와 어머니는 어땠어?"

아네미크는 어렸지만 오빠가 무슨 뜻으로 이런 질문을 하는지 알았습니다.

"사고가 난 다음부터 싸운 적이 한 번도 없어."

"정말이야?"

"맹세해!"

베어의 손은 책꽂이를 만지고 있었습니다.

"아빠가 직접 만들었어."

"응, 나도 알아."

하지만 베어의 머릿속에는 답을 알 수 없는 수많은 질문

이 춤을 추고 있었습니다.

"나한테 어떤 일이 일어났는지 아니? 다시 학교에 다닐 수 있을까? 아니면…… 아니면 맹인 학교로 보내질까?"

아네미크는 어깨를 으쓱였습니다. 하지만 오빠가 볼 수 없었기에 재빨리 대답했습니다.

"나도 모르겠어."

"두 분이 그런 말씀 없으셨어?"

아네미크는 약간 주저하더니 짤막하게 대답했습니다.

"없어……."

아네미크는 적당히 거짓말을 할 수밖에 없었습니다. 왜 냐하면 식구들이 그처럼 중요한 문제에 관해서 아직까지 확실하게 결정을 내리지 못했기 때문입니다.

아버지와 어머니가 잘 자라는 인사를 하기 위해 올라왔을 때, 베어는 이미 침대에 누워 있었습니다. 두 분은 아네미크에게 방으로 돌아가라는 눈짓을 보냈습니다.

"네가 다시 돌아오니 너무 좋구나."

어머니는 침대 밑으로 내려간 이불을 다시 덮어 주며 말했습니다.

"내 책상에 있는 것들은 뭐예요?"

"우선 너는 점자를 배워야 한다, 베어. 어떻게 배워야 할지 처음에는 까마득할 거야. 하지만 시간이 지나면 네 손가락도 점자를 느끼는데 익숙해지겠지. 네 눈이 그랬던 것처럼."

"학교는 갈 수 있어요?"

드디어 참고 있었던 의문이 터져 나왔습니다. 베어는 잔뜩 긴장한 채 대답을 기다렸습니다. 이 대답이 자신의 미래를 결정할 것이라는 느낌이 들었기 때문입니다.

"어쩌면 그럴 수도 있고, 그렇지 못할 수도 있어."

아버지가 조심스럽게 대답했습니다.

"너에게 가장 좋은 것이 무엇인지 우리는 아직 더 고민해 봐야 돼."

"교장 선생님과는 얘기해 보셨어요?"

"그래."

이번에도 아버지가 대답했습니다.

"교장 선생님 생각으로는, 시각장애인 학생은 교사들에게도 어려운 과제가 될 것이라고 하더구나. 교과서도 점자로 되어 있을지 의문이라고. 요약하자면, 그리 쉽지 않을 것 같다는구나."

"아······."

베어는 또다시 무서워졌습니다.

그러자 곧 어머니의 목소리가 들려왔습니다.

"부활절에 네 성적표가 왔어. 정말 성적이 좋더구나. 네가 그동안 받지 못했던 수업은 곧 보충할 수 있을 거야. 그러고 나서 교장 선생님에게 네가 아무런 문제없이 학교를 다닐 수 있다는 증거를 보여 주는 거야."

"알았어요."

베어는 조용히 중얼거렸습니다.

"어떤 학교나 쓸모없는 폐인 따위는 원치 않는다는 거잖아요. 그렇죠? 그런 뜻이 아닌가요?"

"우리는 네가 정상적인 아이들처럼 잘할 수 있다는 사실을 학교에 보여 줄 거야."

어머니는 자신 있게 말했습니다.

베어는 고개를 끄덕였습니다. 하지만 마음속으로는 이렇게 묻고 싶었습니다. '나는 결국 맹인 학교에 가야 하는 거죠?'

"베어."

아버지의 목소리는 약간 예민해 있었습니다.

"이제 집에 돌아온 지 며칠이나 되었다고 그러니? 우선 좀 쉬면서 기운을 되찾는 일이 더 중요해. 그런 다음 우리 다 같이 의논해 보자. 어떤 것이 너에게 최선의 결정인지 말이다."

"어쨌든 우리는 네가 다시 예전 학교로 돌아갈 수 있도록 알아볼 거야."

어머니는 이 말을 하면서 이불을 끌어당겨 주었습니다.

"이제 자거라. 오늘은 아주 피곤한 날이었을 거야."

부모님은 베어에게 입맞춤을 했습니다. 마치 베어가 아네미크만큼 어린아이인 것처럼.

"오늘은 정말 아름다운 날이었어요. 두 분에게 감사드려요!"

베어가 말했습니다.

아버지와 어머니는 계단을 따라 아래층으로 내려갔습니다. 거실 문이 닫혔습니다.

베어는 예전과는 비교할 수 없을 정도로 집 안에서 나는 소리를 잘 들을 수 있었습니다. 계단을 오르내리는 소리, 창문이 덜거덕거리는 소리, 부엌에 있는 냉장고가 돌아가는 소리 등등. 고요한 길거리를 오토바이 한 대가 굉음을 내며 질주했습니다.

집으로 돌아왔어!

다시 찾은 얼굴

"나는 할 수 없어! 나는 할 수 없어!"

베어는 주먹을 불끈 쥐고 책상을 마구 내리쳤습니다. 아직 미숙하기만 한 손가락은 눈이 하던 일을 제대로 해내지 못했습니다. 빌어먹을 타자기는 50개의 자판으로 이루어져 있었고, 철자들은 엉망으로 배열되어 있었습니다. S 옆에 A가 있고 V 옆에 C가 있다니. 세상에 이럴 수가!

어머니가 곁에 앉아 있었습니다. 어머니는 비서로 일했기 때문에 점자를 배우는 방법도 알고 있었습니다. 그래서 베어가 실수를 할 때마다 손가락을 올바른 자판 위에 올려 주었습니다.

"단 한 번, 단 한 번만이라도 철자가 어디에 있는지 볼 수 있다면."

베어는 절망스런 기분에 소리를 질렀습니다.

"인내심을 가져. 금방 배울 수 있는 게 아니니까."

인내! 물론 어머니의 말이 맞습니다. 베어는 이틀 전부터 연습을 하기 시작했으니 기적이 어떻게 일어나겠습니까?

"이제 곧 열한 시 반이야. 오늘 오전에는 이 정도로 끝내는 게 좋겠어."

어머니는 타자기를 밀어내며 말했습니다. 베어는 한숨을 쉬며 자리에서 일어났습니다. 아래층으로 내려가는 길은 그저께보다 훨씬 찾기 쉬웠습니다. 그의 손에는 흰색 지팡이가 들려 있었습니다. 이 지팡이는 아버지와 어머니가 시각장애인용 타자기를 들여놓을 때 같이 산 것으로 복도 구석에 항상 놓여 있었습니다.

"베어, 이제 뭐 할 거니?"

"바람 좀 쐬고 올게요."

"그래…… 그렇게 하렴."

주저하는 표시가 역력했지만 어머니는 다행스럽게도 베어에게 조심하라는 말을 하지 않았습니다.

베어는 문을 열고 나갔습니다. 천천히 정원으로 나가는

길을 더듬거리며 가고 있을 때, 어머니가 부엌 창문에 서서 자신을 지켜보고 있는 느낌이 들었습니다. 내가 걸어가는 모습을 보면 엄마는 불안하겠지? 정원에만 있고 밖으로 나가지 않는 게 좋다고 소리를 지를까?

베어는 지팡이를 이리저리 흔들어 정원에서 밖으로 나가는 문을 찾았습니다. 그는 용감하게 계속 걸어갔고 갑자기 오른쪽으로 방향을 꺾었습니다. 그렇게 해야 어머니의 시선에서 빨리 벗어날 수 있었기 때문입니다.

지팡이는 보도의 가장자리를 미끄러지기 일쑤였습니다. 베어는 어디로 가고 싶은 것일까요? 물론 근처에 있는 작은 공원입니다. 그곳에는 어렵지 않게 찾을 수 있는 벤치도 하나 있습니다. 첫번째 사거리까지 곧장 걸어 그곳에서 길을 건너면 됩니다.

머릿속으로는 모든 것이 간단했지만 실제로는 그렇지가 않았습니다. 길지도 않은 산책길을 끝까지 따라가기란 너무나 어려운 일이었습니다. 베어는 인도에서 내려갔습니다. 바로 그곳에 우체통이 있다는 사실을 잊어버리고 그만 우체통과 부딪히고 말았습니다. 땀이 흘러내립니다. 마침내 사거리에 도착했을 때, 무릎이 후들후들 떨려 왔고 베어는 암흑 속에서 길을 잃은 것만 같았습니다.

제대로 가고 있는 걸까? 지금 똑바로 길을 건너야 할까, 아니면 약간 왼쪽으로 가야 할까? 그런 생각을 할 즈음 자동차가 한 대 지나갔습니다. 발자국 소리도 들렸습니다. 인도에 깔린 돌에서 나는 소리는 굽 높은 신발이 분명했습니다. 갑자기 목소리가 들려왔습니다.

"도와줄까?"

"고맙지만 괜찮아요. 혼자서도 할 수 있거든요."

난 혼자서 가야 한다. 그렇지 않으면 영영 배우지 못할 테니까. 굽 높은 신발 소리는 저 멀리 사라졌습니다.

아무런 소리가 들리지 않자 베어는 길을 건너려고 했습니다. 지금 서 있는 자리에서 건너면 되겠지? 멍청하긴! 도움을 거절하다니. 사람들이 나를 도와주지 않을 이유가 어디에 있단 말인가?

"지금이야……!"

베어는 지팡이를 쭉 뻗어서 보도블록에서 차도로 내려갔습니다. 한순간 두려움이 몰려왔습니다. 그래도 계속 가야만 했습니다. 길에 서 있으면 오히려 더 위험하니까요. 어렴풋이 차 소리가 들리더니, 갑자기 자동차 한 대가 튀어나왔습니다.

"헉!"

베어는 하마터면 걸려서 넘어질 뻔했지만, 어쨌거나 길 건너편까지 갈 수 있었습니다. 맙소사! 모든 일이 병원에서 상상했던 것보다 훨씬 어렵고 복잡했습니다.

"빌어먹을······!"

베어는 울타리를 통과합니다. 울타리를 둘러싼 덤불 가지 가시에 찔리기도 합니다. 도대체 공원은 얼마나 더 가야 있는 거야? 왼쪽? 오른쪽? 또다시 공포가 엄습해 왔습니다. 베어는 울타리를 만지면서 한 걸음씩 앞으로 나아갔습니다. 신발 밑에서 소리가 나는 걸 보니 보도 위에 뿌려 놓은 작은 돌이 묻어온 게 틀림없었습니다.

"세상에!"

베어는 숨을 깊이 들이쉬었습니다. 마침내 울타리가 끝이 났습니다.

지금 내가 서 있는 곳은 정원으로 들어가는 길일까? 아니면, 낯선 집의 정원 들머리에 서 있는 것일까? 잠시 후 뒤쪽에서 발걸음 소리가 들려왔습니다. 그래, 물어보는 거다. 사람들은 서로 돕기 위해서 함께 사는 거니까.

"저기요?"

"왜 그러니?"

약간 주저하는 남자 목소리였습니다.

"지금 제가 서 있는 곳이 공원 앞인가요?"

"음…… 공원이라고? 아닌데, 전혀 아냐. 여기서 한 블록 더 가야 해."

발음이 정확하지는 않았지만 친절한 남자였습니다. 그 남자는 베어의 팔을 살짝 잡아 주었습니다.

"내가 거기까지 널 데려다 줘도 될까?"

"그렇게 해 주실래요? 공원 앞에 가면 그곳은 잘 알거든요."

더듬거리지 않고 보통 사람들처럼 걷자 매우 편안했습니다. 이렇게 걷는 게 정말 걷는 것이라고 베어는 생각했습니다.

"자, 다 왔어. 뭐 다른 도움이 필요한 건 없니?"

"벤치는 어디 있어요?"

"바로 네 앞에. 길 오른쪽에 있단다. 거기에 가려고?"

"예. 그건 저 혼자 할 수 있어요. 고맙습니다!"

"뭐, 고마워할 거까지는 없어."

베어는 지팡이로 확인하면서 천천히 한 걸음씩 앞으로 나갔습니다. 신발 밑에서 작은 돌멩이 소리가 들리는 한 제대로 가고 있는 것입니다.

"땡!"

지팡이가 금속성 물건과 부딪히면서 소리가 났습니다. 쓰레기통이 분명했습니다.

이제 베어는 벤치 바로 앞에 있었습니다. 그랬습니다. 베어는 벤치를 찾을 수 있었습니다. 엄청 피곤했지만 안도의 한숨을 내쉬며 벤치에 앉았습니다.

꽃과 마른 퇴비 냄새가 났습니다. 봄 햇살이 얼굴 위로 쏟아졌고 새 한 마리가 지저귀고 있었습니다. 베어는 마음속으로 이런 생각을 해 보았습니다. 시간이 흐르면 새 종류를 구분할 수 있을까? 예전에는 그리 신경 쓰지 않았던 일들이 이제는 중요한 문제가 되고 말았습니다.

어쩌면 타자기를 제대로 다루지 못해서 잔뜩 기가 죽어 있었을지도 모릅니다. 하지만 이렇게 앉아 있으니 베어는 마냥 행복합니다. 사고가 일어난 뒤 처음으로 외출해서 자기 힘으로 목적지까지 온 것입니다. 물론 두려워서 어찌해야 할지 몰랐던 순간도 있었습니다. 눈이 전혀 보이지 않는 상태에서 길을 찾기란 정말 어려운 일입니다. 자신이 상상했던 것 이상으로 말입니다.

지금 베어는 벤치에 앉아 만족스러운 미소를 지었습니다. 사실 어머니가 걱정이 되어 몰래 뒤따라왔다는 사실을 알았더라면 베어는 그런 미소를 지을 수 없었을 것입니다.

저 멀리서 자동차 소리가 들렸으나 주변에는 온통 새 소리뿐이었습니다. 바람은 베어의 이마에 맺혀 있는 땀을 시원하게 식혀 주었습니다. 덩달아 반창고가 붙어 있는 눈가도 약간 시원해졌습니다.

유치원이 끝나는 시각인지 즐겁게 떠들어 대는 아이들의 고함 소리가 들려왔습니다. 갑자기 몇몇 아이들의 목소리가 근처에서 들렸습니다.

"나는 비행기 조종사가 될 거야!"

"나는 선장이 될 거다. 엄청나게 커다란 배의 선장!"

"너는 뭐가 될 거야, 얀?"

"나?"

목소리만 듣고서는 얀은 겨우 네 살쯤 된 아이 같았습니다.

"그래 너 말이야!"

"나는 나중에 왕이 될 거야. 이 세상을 지배하는 왕!"

아이들의 웃음소리가 이어졌습니다.

"바보. 절대 그럴 수 없을걸. 왕이 되려면 네 아버지가 왕이어야 해."

"아니면 네 어머니가 여왕이거나. 그렇지 않으면 안

돼."

"될 수 있어."

얀이 말했습니다.

"나 스스로 왕이 될 수 있어."

베어는 아이들의 모습이 눈에 선했습니다. 특히 얀의 모습이 또렷이 그려졌습니다. 이 조그만 녀석의 코는 분명 빨갛고 구두끈은 풀어져 있을 것입니다.

"어떻게? 어떻게 네가 왕이 될 수 있다는 말이야?"

다른 친구들이 고함을 질렀습니다.

"음…… 우선 나는 말을 살 거야. 그 다음에 용을 죽이면 돼!"

"후후! 용이라고! 용은 없어, 알기나 해?"

"그러면 다른 걸 죽이면 되지."

얀이 말했습니다.

"그 다음 나는 공주를 풀어 줄 거야. 그 다음엔 공주와 결혼을 하고, 공주의 아버지가 죽으면 공주는 여왕이 되고, 그러면……."

얀은 의기양양하게 소리 질렀습니다.

"그러면 내가 왕이 되는 거야!"

"그러셔? 그럼, 어디에서 공주를 구한다는 거야?"

"어딘가에서."

얀의 목소리는 확신에 찬 목소리였습니다. 잠시 아무 말도 들리지 않았습니다. 다른 아이들이 열심히 생각을 하는 모양이었습니다.

"공주가 너를 사랑하지 않으면? 그래서 너랑 결혼하기 싫다고 하면 어쩔래?"

"그래, 얀, 그러면 어떻게 할 건대?"

"그럼 나는 여왕의 정원사가 될 거야."

얀이 대답했습니다.

"정원사는 왕이 아니잖아."

"맞아!"

얀이 거칠게 대답합니다.

"여왕이 이렇게 말할 거야. '얀, 나는 늙고 지쳐서 더는 여왕 자리에 있을 수 없어. 이 자리에 앉으면 할 일이 너무 많거든. 이제 다른 사람을 이 자리에 앉혀야 할 때가 왔구나.'"

"그런 다음에?"

"그리고는 여왕이 또 나한테 말할 거야. '얀, 너는 이 나라에서 가장 훌륭한 정원사다. 그러니 분명 가장 훌륭한 왕이 될 수 있을 거야.' 그러면 나는 왕이 되는 거야!"

이 말은 분명 설득력이 있었습니다. 왜냐하면 한동안 다른 아이들이 할 말을 찾지 못했으니까요.

"내가 이겼지? 대답하지 않아도 돼. 왜냐하면 왕은 대답할 필요가 없으니까."

녀석은 이제 가 버린 걸까? 베어는 돌이 깔려 있는 인도를 걸어오고 있는 녀석의 소리를 들었습니다. 얀, 확고한 믿음을 가진 왕!

"그렇게는 안 돼!"

이때 다른 녀석이 뒤에서 고함을 질렀습니다.

"돼!"

어린 왕이 자신만만하게 대꾸했습니다.

베어는 미소를 지으며 자리에서 일어났습니다. 아이들의 목소리를 듣자 마음이 밝아졌습니다. 만일 얀처럼 흔들리지 않고 미래를 믿는다면, 자기 힘으로 어려움을 극복해 나갈 수 있을 것입니다.

또 다른 소년들이 베어의 앞을 어슬렁거리며 지나갔습니다.

"얘들아, 부탁하나 들어줄래? 나를 건너편 길까지 데려다 줄 수 있겠니?"

"눈을 다쳤어?"

"아무것도 안 보여?"

"응."

베어가 대답했습니다.

"정말 아무것도?"

"그래. 아무것도 안 보여. 너희들도 보이지 않아. 집도. 길도."

"그럼 뭘 보는데?"

"다른 것."

"그게 뭐야?"

"머리에 왕관을 쓰고 왕좌에 앉아 있는 얀의 모습을 봐."

아이들은 아무 말도 하지 못했습니다. 아이들의 놀란 표정을 베어는 볼 수 없었지만, 갑자기 녀석들은 베어의 손을 잡고 맞은편 길까지 데려다 주었습니다. 사소한 장애물까지 일일이 설명해 주면서.

베어가 집으로 연결되는 정원을 지나오자—침엽수가 있어서 쉽게 발견할 수 있다—어머니가 맞은편에서 걸어왔습니다.

"널 데리러 가려던 참이었어."

어머니의 목소리를 듣자 마음이 편안해졌습니다. 어머

니의 목소리는 이제 안심이 되었다는 목소리였습니다. 분명 어머니는 베어가 산책을 간 동안 한순간도 마음을 놓지 못했을 것입니다.

"지금 몇 시에요?"

베어는 이렇게 물으며 앞으로는 시계탑에서 울리는 종소리를 좀더 주의 깊게 들어야겠다고 생각했습니다.

"곧 열두 시 반이야. 점심을 먹었으면 좋겠구나. 의사 선생님이 오후에 우리 집에 들른다고 했으니, 식사를 하는 편이 나을 것 같아. 산책은 즐거웠어?"

"예. 정말 좋았어요!"

베어는 이렇게 대답하고 약간 자랑스러운 듯 덧붙였습니다.

"공원에 있는 벤치까지 갔거든요."

"그렇게 멀리?"

어머니의 목소리는 아주 놀랍다는 반응이었습니다. 왜냐하면 베어의 뒤를 따라갔던 사실을 숨겨야 했기에 다소 과장할 수밖에 없었습니다.

베어는 점자를 읽다 말고 옆으로 치워 버렸습니다. 어머니가 도와준 덕분에 이미 머릿속에 철자들을 새겨 둘 수 있었습니다. 또한 루이 브라유Louis Braille에게도 감사합니다. 프랑스 출신의 이 시각장애인은 이미 150년 전에 눈먼 사람들이 글을 읽고 쓰고 계산할 수 있는 점자를 고안해서 '브라유 점자'라는 이름을 붙였습니다.

베어는 평생 처음으로 교육을 받을 수 있고 배운 것을 아무런 문제없이 기억할 수 있다는 사실이 대단한 특권임을 깨달았습니다. 손가락 끝은 종이와 뇌 사이를 단절시키고 말 것이라는 생각은 순전히 망상이었습니다. 인내심을 가지고 연습을 많이 하면 가능할지도 모릅니다.

의사 선생님은 좀처럼 나타나지 않았습니다. 벌써 세 시가 넘지 않았나? 세 시 반? 어머니에게 자꾸 시간을 묻는 것도 지겨웠습니다. 브라유 시계 같은 것은 없나?

베어는 의자에서 일어나 문 쪽으로 갔습니다. 그러다가 그만 손이 세면대에 부딪혀 잠시 그 자리에 서고 말았습니다. 베어는 이제 거울 앞에 서 있었습니다. 몸을 약간 앞으로 굽혀 보았습니다. 머릿속으로 과거에 자신의 얼굴이 어떻게 생겼었는지를 그려 보았습니다. 머리에 칭칭 감겨 있던 두꺼운 붕대가 풀렸을 때의 모습도 볼 수 있었습니다. 그리고 이제 얇은 붕대를 반창고로 붙인 상태입니다. 오늘 붕대를 풀면 어떤 모습일까?

베어는 거울 앞에 조용히 서 있었습니다. 지금 내가 어떤 모습일지 상상해 보았습니다. 자신의 두 눈이 어두운 구멍으로 보였습니다. 찌그러진 속눈썹이 붙어 있고, 눈동자의 흰자위도 볼 수 있을까?

"맙소사!"

베어는 앞으로도 흉측하게 보일지 모른다는 생각을 하자 다시 두려웠습니다. 사람들이 자신의 얼굴을 보면 흠칫 놀랄지도 모릅니다. 무엇보다 두려운 것은 여자 애들이 자신을 쳐다보지도 않을지 모른다는 생각이었습니다. 이보다 더 끔찍한 일이 있을까?

물론 베어는 검은색 안경을 낄 수도 있을 것입니다. 하지만 검은색 안경에 흰색 지팡이를 짚고 있는 모습은 그야말로 장님의 모습입니다. 지팡이로 더듬거리며 앞으로 걸어가는 장님하고 똑같겠지.

"폐인이 되어서는 안 돼."

대학생이 그런 말을 했었습니다. 베어는 대학생 형을 떠올리자 부끄러운 생각이 듭니다. 흉측하게 생긴 눈꺼풀은 죽음을 기다리는 일과 비교조차 할 수 없는 일이니까요.

"……"

베어는 한숨을 내쉬었습니다. 앞으로 어떤 일이 일어나

더라도 감당하는 것 이외에 다른 방법은 없습니다.

대문이 열리고 다시 닫혔습니다.

"베어는 위층에 있어요. 같이 올라가실까요?"

어머니의 목소리가 들리더니 이어서 계단을 올라오는 소리가 들렸습니다. 의사 선생님이 오신 것입니다. 베어는 떨지 않으려고 애를 썼습니다. 잠시 후 붕대를 풀 것이고, 그러면 자신의 지금 모습은 앞으로의 모습이 될 것입니다. 죽을 때까지.

계단을 올라오는 발자국 소리. 계단에서 쿵쿵거리는 소리가 나더니 어머니의 목소리가 들려왔습니다. 방문이 열렸습니다.

"안녕, 베어!"

"안녕하세요, 의사 선생님!"

"좋아 보이는구나. 얼굴에 화색이 도는 걸 보니."

"붕대는 오늘 푸나요?"

"어디 한 번 보자구나."

진료 가방을 책상 위에 올려놓더니, 의사 선생님은 손부터 씻었습니다.

"깨끗한 수건을 가져올게요."

어머니는 방에서 나가더니 다시 돌아왔습니다.

"여기 있습니다."

"고맙습니다."

베어는 침을 꿀꺽 삼켰습니다. 이제 시작이었습니다.

의사 선생님은 가방을 열더니 몇 가지 물건을 책상 위에 올려놓았습니다.

시간은 어찌나 느리게 가는지 슬로 모션으로 영화를 보는 것 같았습니다. 지독한 냄새가 나는 작은 병마개가 열렸습니다.

"여기로 와서 앉아 보겠니?"

의자를 창가로 옮겼습니다. 어머니는 베어의 어깨를 잡고 그곳으로 데려가서 조심스럽게 의자 위에 앉혔습니다.

"머리를 약간 뒤쪽으로 해 보렴. 그렇지, 그래."

의사 선생님의 차가운 손이 베어의 얼굴에 닿았습니다. 소독약이 묻은 솜이 반창고 위에서 움직였습니다. 어느 덧 방 안에 병원의 소독 냄새가 났습니다. 붕대를 푸는 동안 눈썹도 함께 붙어서 약간 아팠습니다.

"흠."

의사 선생님이 중얼거립니다.

베어는 이 의미심장한 소리에 숨죽이고 있었습니다. 어머니가 어떤 반응을 하는지 주의를 기울였습니다. 만일 어머니가 놀라거나 고함을 지르면, 혹은 목소리가 떨린다거나 하면, 의심할 바 없이 자신의 얼굴은 흉측하기 그지없을 것입니다. 어머니는 아직 뒤편에 서 있는 것일까? 아직 아무것도 보지 않았나?

"흠."

차가운 손가락이 오른쪽 눈썹을 약간 스쳤습니다. 베어는 이제 더 참을 수가 없었습니다.

"어때요?"

이 간단한 질문 속에 몇 주 동안의 두려움이 담겨 있었습니다.

"상처가 정말 깨끗하게 아물었구나."

어머니가 다가왔습니다. 베어는 자신의 어깨를 잡고 있는 어머니의 불안한 손을 느낄 수 있었습니다. 곧이어 어머니의 목소리가 들려왔습니다.

"정말이군요!"

이 짤막한 말로써 충분했습니다.

"어때요?"

"정말 좋아 보여."

의사 선생님이 말했습니다.

"만족할 만하다. 흉터는 지금 약간 붉은색을 띠고 있지만, 서서히 없어질 거야."

"저 그럼…… 그렇게 끔찍하게 보이지 않나요?"

"전혀 그렇지 않아."

의사 선생님은 시원스럽게 대답하고서 물건들을 가방에 넣었습니다.

"정말이야, 엄마?"

베어는 확실하게 알고 싶어서 어머니에게 물었습니다.

"그래, 정말이야!"

어머니는 이제 다시는 아들의 눈을 볼 수 없다고 생각하자, 가슴이 메어 오는 것을 겨우 참으며 입술을 꼭 깨물었습니다.

"전혀 흉측하지 않아."

"어떻게? 자세하게 말해 줘요!"

"눈을 감고 있는 것 같아. 완전히 정상이야."

"그러니까…… 역겹지 않아요?"

"절대 아니야."

의사 선생님은 웃었습니다.

"병원에서 일하는 의사들이 다들 엉터리라고 생각하니?"

"아뇨, 그건 아니에요. 하지만……."

"내 말을 믿어, 베어. 상처는 잘 아물었고, 흉터도 곧 사라질 거야."

"검은색 안경을 쓰지 않아도 될까요?"

"그럼."

"다행이다!"

베어는 그제야 긴장이 풀렸습니다. 이제 걱정했던 마음이 감사의 마음으로 변했습니다. 붕대를 풀고 나자 다시 자신의 얼굴을 찾은 느낌이었습니다.

6
오늘처럼
행복한 날

눈이 먼 사람이 듣는 말들은 정상인들이 듣는 말에 비해서 두 배는 더 중요하게 들립니다. 베어는 병원에 있을 때 처음으로 그런 사실을 알았습니다. 그러니까 간호사 빌 대신에 애니가 자신을 보살필 때였습니다. 두 사람의 목소리는 얼마나 달랐던지!

이때부터 말과 목소리는 베어에게 점점 더 중요해졌습니다. 말과 목소리는 한 사람의 성격, 특징, 정신까지 보여주니까요.

누군가 얘기를 하더라도 베어는 그 사람의 얼굴을 보지 못합니다. 웃고 있는지 찡그린 얼굴인지 알 수 없었고, 기쁨에 찬 눈인지 슬퍼하는 눈인지도 볼 수 없었습니다. 말을 하면서 손동작을 심하게 사용하는지도 알 수 없었습니다. 베어는 사람들의 겉모습을 보지 못한 채 대화를 해야만 했고, 상대가 수줍음이 많은지, 당황하는지, 혹은 뭔가 요구하는지도 모르는 채 말을 해야만 했습니다. 이는 상당히 불리한 조건입니다. 그럼에도 베어는 사람들의 형상을 그려 볼 수 있다는 사실을 알았습니다. 바로 그들의 목소리를 통해서였습니다.

우울한 목소리, 공격적인 목소리, 허풍을 떠는 목소리뿐만 아니라 피곤한 목소리와 슬픈 목소리, 다 꺼져 가는 목소리, 불만에 찬 목소리도 있었습니다. 말을 하면서 깊이 생각하는 목소리도 있습니다. 이런 방식으로 단순한 말, 가령 "예"라는 말에도 이미 온갖 의미가 담겨 있습니다. 그러니까 환호의 뜻이 담긴 "예"일 수도 있고, 사무적인 대답일 수도 있으며, 뭔가 주저하면서 "예"라고 할 수도 있고, 용감하게 "예"라고 대답할 수도 있습니다. 외적인 세계가 아니라 내면적인 세계야말로 의미가 있으며, 말이란 울림을 통해 말하는 사람의 존재를 알려 줍니다. 이처럼 베어는 다양한 목소리에 담긴 의미를 새롭게 경험하였습니다.

토요일 오후, 베니와 구프와 함께 빅토리아 팀과의 시합을 구경하러 간 날에도 그런 경험을 할 수 있었습니다.

"몇 시에요?"

베어는 반시간 동안 벌써 세 번이나 물었습니다.

"한 시 십오 분이다."

아버지가 대답했습니다.

"잊어버렸을까?"

"그럴 리가. 아마 금방 올 거야."

베어는 아까부터 대문 앞을 왔다 갔다 하면서 친구들이 오기를 기다리고 있었습니다. 신경이 예민해져 있었지만 그 이유는 알 수 없었습니다. 예전에 축구팀에서 함께 뛰었던 친구들을 만나는 것이 두려운 것일까? 눈이 먼 베어가 운동장 가장자리에 서 있을까 봐 두려운 것일까? 길 잃은 새가 가서는 안 될 곳에 갈까 봐 두려운 것일까?

길에서 덜거덕거리는 소리가 들려왔습니다. 사고가 나기 전부터 베니의 자전거는 덜거덕거렸습니다. 구프도 왔을까?

"안녕, 베어!"

"안녕, 베어!"

자전거 두 대가 멈춰 섰습니다.

"앗, 구프!"

여동생 아네미크가 소리칩니다. 녀석의 목소리는 들떠

있었습니다.

"도대체 어디에……."

베어는 베니와 구프가 조용히 하라며 손가락을 입에 갖다 대는 모양을 볼 수 없었습니다. 아네미크는 말을 끝내지 못하고 입을 다물었습니다.

"여기 위에 앉아, 베어!"

베니가 급하게 말했습니다.

"잘 붙들고 가야 할 거야."

베어는 지팡이로 자전거를 더듬어 보았습니다.

"그래, 바로 여기야."

기다리지 못해 안달하는 목소리였습니다.

"얼른 올라타."

아버지와 어머니는 놀란 눈으로 쳐다보았습니다. 베니와 구프가 사고를 당하기 전처럼 베어를 대하는 모습을 보자 가슴이 벅차올랐습니다. 두 친구가 항상 베어를 데리러와서 함께 운동장으로 가는 것처럼 행동했던 것입니다.

"재미있게 놀아!"

어머니가 생기 있는 목소리로 외쳤습니다. 하지만 베어가 자전거 뒷자리에 앉아 균형을 잡지 못하는 것을 보자 마음이 아팠습니다.

"이겨야 해!"

아버지가 소리쳤습니다. 물론 아버지도 마음속으로는 슬펐습니다. 이제 영원히 아들이 뛰는 모습을 볼 수 없다고 생각했기 때문입니다.

"그럼요. 한 수 가르쳐 줄 거예요."

구프가 말했습니다.

"베어, 내 가방 꼭 붙들어야 해."

베니가 말했습니다.

이렇게 하여 세 친구는 빅토리아 운동장을 향해 출발했습니다. 자전거 바퀴에 달려 있는 철판이 덜거덕거리는 소리를 냈지만 그들은 비틀거리며 앞으로 나갔습니다.

베니와 구프는 자전거를 세우더니 강당으로 이어진 더럽고 미끄러운 길을 따라갔습니다. 사방에서 아이들의 목소리가 들려왔고 근처에서 둔탁한 공 소리가 났습니다.

"나는 여기에서 기다리고 있을게."

베어가 말했습니다.

베어는 온 사방에서 자신을 쳐다보는 시선을 느꼈습니다. 경기장, 관람객, 선수들. 이 모든 것이 베어의 목을 조여 왔습니다. 너무 긴장해서 그런지 베어의 머릿속은 완전히 암흑 같았습니다.

"정말, 나 여기 있을래."

"너 미쳤어?"

구프는 이렇게 말하고 나더니 베어의 팔을 세게 잡아당겼습니다.

"우리와 함께 탈의실로 가자. 친구들도 봐야지. 너를 보면 다들 반가워할 거야."

"아니, 됐어!"

"아니, 가야 돼!"

베어는 구프를 따라갔습니다. 들려오는 소리를 통해 분명 탈의실 바로 앞에 있다는 것을 알 수 있었지만, 베어는 계단 위에서 비틀거렸습니다.

"조심해, 문턱을 넘어야 해."

베니가 말했습니다.

"응."

탈의실이었습니다. 땀 냄새, 곰팡이 냄새가 풍기는 물건들, 빨지 않은 운동복들.

베어는 사방에서 환영의 인사말을 들었습니다.

"오, 베어!"

"와우! 왔어?"

어깨를 두드리는 소리. 팔을 툭 치는 소리. 두 손이 자신의 오른팔을 동시에 잡는 것도 느껴졌습니다.

이렇듯 따뜻하게 맞이해 주자 모든 긴장감이 순식간에 사라지고 말았습니다.

이제 베어의 머릿속은 다시 밝아졌고, 탈의실과 자기 앞에 서 있는 친구들 모습이 자동적으로 떠올랐습니다. 목소리로 친구들을 알아보기는 그리 힘들지 않았습니다.

"안녕, 디키!"

"어, 게르트!"

"헤이, 곰프!"

"네가 구경하러 오다니, 정말 신난다!"

곰피는 사심 없이 말했습니다.

베어는 벤치에 자리를 잡았습니다. 바닥에서 나는 맨발 소리를 들을 수 있었고, 가방에서 잡동사니들이 쏟아지는 소리, 신발을 바닥에 던져 놓는 소리도 들렸습니다. 앞으로 있을 시합 얘기, 숙제 얘기, 몇 명의 친구들이 간다는 파티 얘기도 들었습니다. 무엇보다 카스의 입담은 여전히 타의 추종을 불허했습니다.

과장되고 허풍을 떠는 목소리. 주의 깊게 들어야 하는 명랑한 목소리들. 이런 목소리는 베어의 가슴을 아프게 했습니다. 3병실에서 듣던 조용한 목소리에 너무 익숙해진

탓일까?

바깥에서 호루라기 소리가 들려왔습니다. 미끄러지지 않는 축구화들이 바닥 위에서 소리를 냈습니다.

"가자!"

구프가 말했습니다.

"내 지팡이!"

베어는 자신의 지팡이를 짚고 이번에는 비틀거리지 않고 문턱을 넘을 수 있었습니다. 하지만 한꺼번에 밖으로 뛰어나가는 친구들 틈에 끼는 바람에 베어는 균형을 잃었습니다.

"야, 너 앞을 못 보는 거야?"

빅토리아 팀 선수 한 명이 뒤늦게 지팡이를 보더니 그렇게 말합니다.

그들은 운동장으로 달려갔습니다. 해가 벌써 떠 있었습니다. 베어는 얼굴에 쏟아지는 햇살을 느꼈습니다.

"선을 그어 둔 곳에 나를 앉혀 줘. 되도록 햇빛이 잘 드는 곳으로, 구프."

"오케이!"

고삐에 매인 말처럼 베어는 구프가 이끄는 대로 따라갔습니다.

잔디 위에서는 뛰어다니는 친구들의 발소리가 났습니다. 공 소리도 둔탁하게 났습니다. 트레이너인 해리의 아버지가 선수들을 부르는 목소리가 들렸습니다.

"잠깐."

구프가 말했습니다.

베어는 잠시 멈추었습니다. 그러자 친구들이 자신의 주변으로 모여드는 것을 느낄 수 있었습니다.

시합을 하기 전에 해리의 아버지가 늘 그래 왔듯이 짤막한 격려의 말을 하려는 것일까요? '얘들아, 상대 선수를 온몸으로 저지해. 오프사이드가 되지 않도록 주의하고.' 해리의 아버지는 이런 식으로 말을 하곤 했습니다.

"그래, 디키 네가 시작해 봐!"

해리의 아버지가 말했습니다. 갑자기 조용해지더니 신선한 봄바람 소리만 들려왔습니다.

"사랑하는 베어……."

디키는 축하하는 분위기의 목소리로 말을 하기 시작했습니다.

'무슨 일이지' 라고 베어는 속으로 생각했습니다.

잠시 후 자신이 말을 해야 할 것 같았기에 베어는 지팡이를 조금 더 세게 쥐었습니다. 이런 일이 있을 줄 알았더라면 준비라도 했을 텐데.

"베어, 오늘 이렇게 와 줘서 정말 고맙다. 우리 열한 명
은 같은 선수로서 너를 최고로 생각했을 뿐만 아니라 무엇
보다 친구로서 네가 보고 싶었어."

"디키……."

베어는 축구팀의 주장이었던 디키의 말을 멈추게 하고
싶었지만 그럴 수 없었습니다.

"너도 잘 알다시피, 저번 시합 때 네 슛이 아니었다면
우리 팀이 승리하지 못했을 거야. 그때 너는 이렇게 말했
지. '운이 좋았을 뿐이야. 나는 눈을 감고 슛을 넣었거든.'
우리는 이 말을 자주 생각했어. 눈을 감고 슛을 넣다니!
자, 이제는 운동장이 아니라 네 삶에서 자주 슛을 날리기
바랄게."

베어는 이젠 더 참기 힘들었습니다. 지팡이로 잔디를 몇
번 헤집어 놓았지만 어떻게 행동을 해야 할지 몰랐습니다.

"우리는 너에게 같은 선수로서 뭔가 전해 주려고 해. 물
론 이것은 이별 선물은 아니야. 너는 계속 우리 팀에 속해
있을 테니까."

그런 뒤 목소리가 약간 달라졌습니다.

"베니, 울려 봐!"

그러자 자전거 벨이 울렸습니다.

"이건 2인승 자전거야."

디키가 말했습니다. 다행스럽게도 진지한 분위기가 끝이 날 것 같았습니다.

"베어, 매주 네 게으른 엉덩이를 불편한 자전거 뒷자리에 올려놓기 전에, 이 2인승 자전거에 올라타. 앞자리는 누가 앉느냐? 여기 있는 우리 중 한 사람이라는 건 분명해!"

베어는 목이 터질 것 같았지만 겨우 참았습니다. 병원에서 시간을 보내는 동안 너무 나약해진 걸까?

구프는 자전거를 가져오더니 베어의 손을 자전거 핸들에 올려 주었습니다.

"자전거 정말 멋있다. 빨간색과 흰색이 죽여 줘!"

베어는 무슨 말을 해야 할 것 같았지만, 갑자기 하려니까 생각이 나지 않았습니다. 그렇지만 정신을 겨우 가다듬고 떨리는 목소리로 입을 열었습니다.

"정말 고맙다. 고마워. 나한테 아주 많은 것을 줬어. 그러니까 이제 운동장으로 가서 빅토리아 팀에 골 몇 개만 넣어 줘."

말을 마친 다음 베어는 곁에 서 있던 구프에게 속삭였습니다.

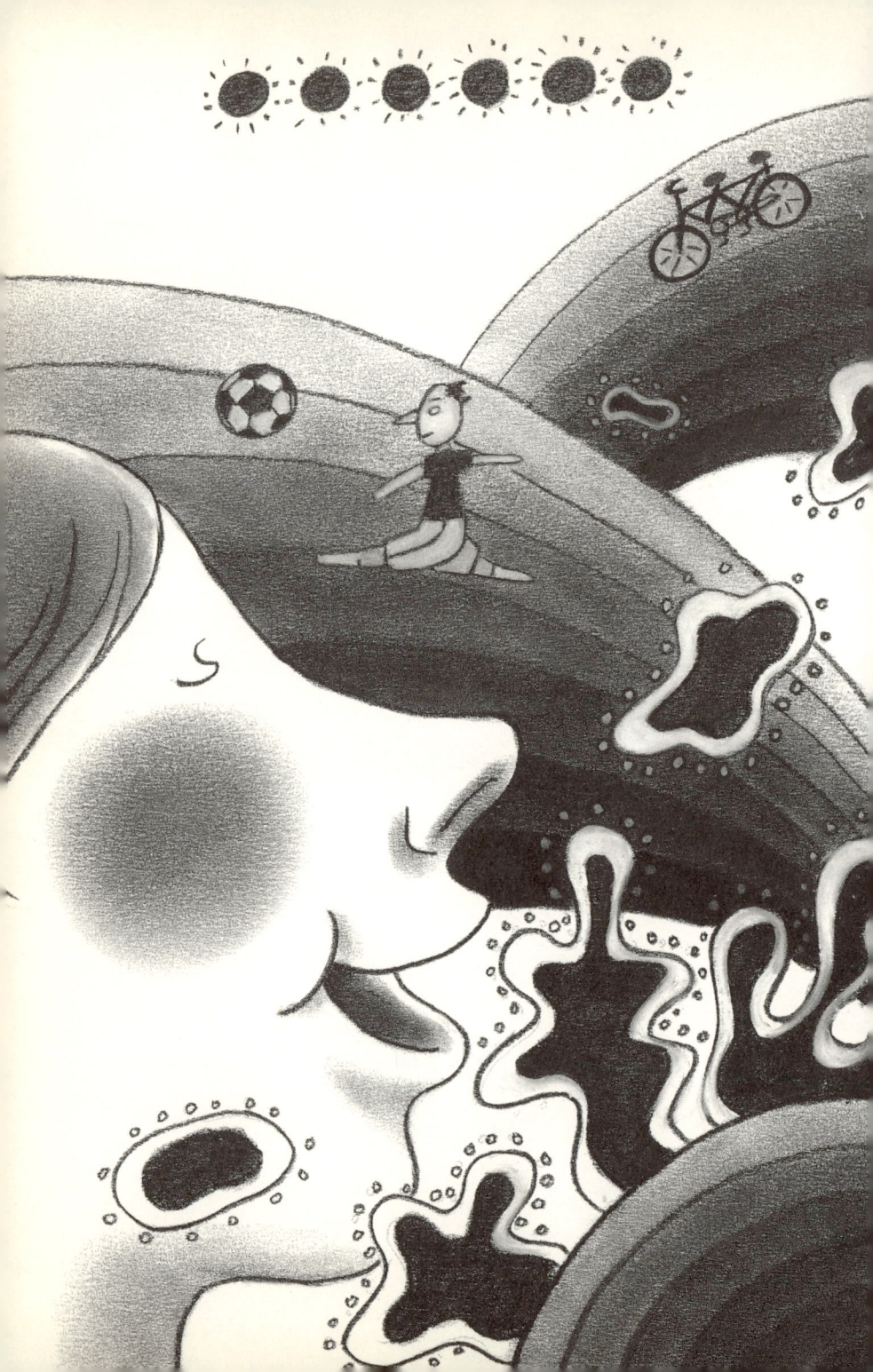

"조금 조용한 곳으로 데려다 줄래?"

구프의 손이 다시 베어의 어깨 위에 놓였습니다. 구프는 조심스럽게 베어를 햇볕이 드는 조용한 자리로 데려갔습니다. 이번에는 길을 잃은 새가 아니라, 어두운 숲을 한 바퀴 돌고 나서 다시 안전한 동굴로 돌아온 곰과 같았습니다.

베어는 마음이 편안했습니다.

자신이 속해 있던 축구팀이 저토록 시끄럽게 고함을 지르면서 시합을 했는지 의심이 들 정도로 운동장에서 끊임없이 고함 소리가 들려왔습니다.

"이쪽이야, 이쪽으로!"

"곰피, 공 보내!"

"상대를 막아!"

"이 멍청이, 패스가 너무 길었잖아!"

그런 고함 소리를 듣고 있으면 선수들이 어디에 있는지 알 수 있었습니다. 발소리, 슛을 하는 소리, 공이 떨어지는 소리로 베어는 시합이 어떻게 진행되는지도 짐작할 수 있었습니다.

"구석으로, 구석으로!"

"내가 넣을 거야!"

"안 돼, 해리, 내가!"

승리를 위해서만 싸우고 축구공밖에 보지 않는 열한 명의 친구들. 순간 간호사 누나 빌, 게리트, 그리고 머지않아 죽게 될 대학생 형의 모습이 친구들 모습과 겹쳐졌습니다. 너무나 동떨어진 두 개의 세계였습니다. 병원에 있을 그들도 그리웠지만 베어는 자신에게 2인승 자전거를 선물하고 따뜻한 애정을 보여 준 친구들에게도 고마움을 느꼈습니다.

"얘들아, 어서 골을 넣어야지!"

베어는 운동장을 향해 고함을 질렀습니다. 여전히 0 : 0이었습니다.

베어는 시합에 너무 열중한 나머지 자신에게 다가오는 발소리도 듣지 못했습니다. 누군가 헛기침을 하자 겨우 알아차렸습니다.

"안녕, 베어!"

베어는 자신도 모르게 몸을 돌렸습니다. 누구의 목소리인지 알 수 없었습니다.

"안녕……."

주저하는 듯한 목소리였습니다.

"나는 티어드야. 티어드 보스마."

"네가 어떻게 여기에?"

베어는 자신의 목소리조차 낯설 정도로 놀랐습니다. 티

어드라니? 같은 반에 다니는 그 창백한 소년. 공부는 제일 잘하지만 운동이라고는 못하던 녀석이 운동장에는 왜?

"네가 오늘 오후에 온다는 소식을 들었어."

"그랬구나."

베어는 티어드의 얼굴을 기억하는 데 애를 먹었습니다. 그 친구는 반에서 늘 외톨이였습니다. 아니면, 학우들이 티어드를 완전히 따돌렸던 것일까요? 왜?

"득점은?"

티어드는 신중한 목소리로 물었습니다. 물론 전혀 관심은 없겠지만.

"아직도 0 : 0이야."

"오!"

무슨 얘기를 해야 할까? 베어는 학교생활에 관해 뭔가 물어봐야 할 것 같았지만, 신중한 티어드가 선수를 쳤습니다.

"너한테 편지를 쓰고 싶었어. 하지만 그러지 않았어. 그 때문에 여기에 온 거야. 네가 사고를 당해서 유감이라는 말을 하려고. 우리 반 애들 모두가 그렇게 생각하고 있으니까."

운동장에서 고함 소리가 들려왔습니다. 심판의 호루라기 소리. 누군가 반칙을 했기 때문입니다. 하지만 베어는 축구경기에 더는 관심이 없었습니다. 주저하면서도 신중하게 말을 하는 티어드의 목소리에 귀를 기울이고 있었습니다. 마치 지루하고 신중하기만 했던 티어드의 목소리에서 예전에는 미처 몰랐던 음색이 느껴졌습니다.

"네가 원한다면, 학교에서 너를 도울게. 내가 할 수 있는 만큼."

"맙소사, 티어드!"

베어는 무슨 말을 해야 할지 몰랐습니다.

"사고 때문에 네가 빼먹은 수업은 빨리 따라잡을 수 있을 거야. 그러면 너는 일 년을 다시 다닐 필요가 없겠지. 우리는 계속 같은 학급에서 공부할 수 있을 거고."

"교장 선생님이 찬성하지 않으신대."

"왜?"

"시각장애인은 학급에 방해가 되니까."

"나는 그렇게 생각하지 않아."

티어드가 말했습니다.

"정말이야. 나는 오랫동안 그 문제에 관해서 곰곰이 생각해 봤어. 그 때문에 너한테 왔거든. 내 말 듣고 있어? 너한테 말해 주려고. 네가 원하면, 매일 너희 집에 가서 도와줄게. 시간은 충분해."

"너는 정말 엄청난 일을 하려는 거야."

"한 번 잘 생각해 봐."

신중한 목소리. 이 소년의 목소리는 베어의 어두운 세계에서 반사되어 아무 색깔도 없었던 티어드를 비추어 주었습니다. 예전에 베어가 교실에서 본 적이 있던 모습을. 어떻게 눈이 멀어서야 티어드의 진정한 면을 발견한 것일까? 열한 명의 축구 선수들은 2인승 자전거를 선물했습니다. 정말 감동이 아닐 수 없습니다. 하지만 티어드는 자신을 베어에게 선물했습니다.

빅토리아 팀이 골을 넣기 전에 시끄러운 고함 소리가 들려왔습니다.

"페널티 구역에서 베니가 상대 선수한테 엄청 방해를 받았어."

티어드가 말했습니다. 분명 축구에 관해서 아는 게 많은 듯한 목소리였습니다.

"그래서?"

"응, 심판이 상대 선수에게 벌칙을 주고 있는데."

"좋았어. 그럼 베니가 공을 차겠구나. 골이 들어갈 거야. 곧 1 : 0이 되겠네."

쥐 죽은 듯 조용하다가 갑자기 환호성이 들려오는 것을

보니 1 : 0이 된 게 분명했습니다.

베어는 사고를 당하고 나서 오늘처럼 행복한 날은 처음이라 감사한 마음부터 들었습니다.

승리를 안겨 준 축구팀, 빨간색과 흰색이 섞여 있는 2인승 자전거. 이 색깔은 축구팀의 색깔이기도 했습니다. 그리고 새로이 얻게 된 친구. 눈은 멀었지만 베어는 자기 삶에 만족할 수 있었습니다.

7
삶의
오프사이드

…… 로마군단은 토이토부르거발트 숲에서 사흘간 전투를 치른 뒤 게르만 민족의 폭동을 진압했다. 3만여 명의 병사들 가운데 이 전투에서 살아남은 자들은 소수에 불과하며, 이들은 라인 강에 있던 요새와 기지로 돌아가 패전 소식을 전했다……

티어드가 책 읽기를 멈추었습니다.
"게르만 민족의 폭동은 기원후 9년에 일어났지?"
베어가 물었습니다.
"맞아. 이 부분을 다시 한 번 읽어 줄까?"
"아니, 됐어. 벌써 내 머릿속에 넣어 두었는걸."
베어의 이 말은 틀린 말이 아니었습니다. 눈이 보이지 않게 되자 역사—죽은 사람들이 살아 있는 사람들에게 주는 교훈—는 예전보다 더 분명하게 베어에게 전해졌습니다.

티어드가 책을 읽어 주는 동안, 베어는 로마에 대항한 아르미니우스의 봉기를 생생하게 그려 보았습니다. 바루스는 순종 말을 탄 채 자랑스럽게 로마군단의 선두에서 지휘했을 것입니다. 그 뒤로 병사들과 천막과 무기, 식량 등을 실은 마차가 길도 없는 늪을 줄지어 따라갔을 것입니다. 보병대에게 명령을 내리는 젊은 장교들. 그런데 갑자기 반대쪽에 숨어 있던 게르만족들이 습격을 했습니다. 화살을 마구 쏘아 대며 야만인의 전쟁 노래를 목청껏 외치면서 말입니다. 마치 영화를 보듯 과거의 영상들이 베어를 스치고 지나갔습니다.

"우리 정말 잘하고 있어."

티어드는 만족스러운 듯 말을 했습니다.

"몇 번만 더 하면 너는 우리와 같은 수준으로 역사를 알게 될 거야!"

"모두 네 덕분이지!"

"사실 나도 재미있어."

"네 수고가 헛되지 않아야 할 텐데."

아버지는 교장 선생님과 면담을 해야 했지만, 베어가

예전의 학급으로 다시 돌아가도 좋을 만큼 실력을 갖출 때까지 기다리기로 했습니다.

"우리 내기할까? 9월이면 네가 다시 우리 반에 올 거라는 것에?"

"나도 바라는 바야."

말은 그렇게 했지만 베어는 확신이 없었습니다.

베어는 점점 자기만의 리듬을 찾아갔습니다. 부모님과 함께 세운 계획에 따라 생활하는 것은 물론 학교로 돌아가기 위해서라면 무엇이든 하고 싶었습니다.

아침이면 브라유 점자 공부를 했는데 어머니가 곁에서 열성적으로 도와주었습니다. 차를 마시고 나면 타자기 연습을 시작했습니다.

용기가 솟는 순간도 있었지만 절망에 빠지는 순간도 있었습니다. 화가 치밀어오를 때면 베어는 이제 더는 할 수 없다고 고함을 지르기도 했습니다. 그런가 하면, 손가락 끝이 예민해져서 브라유 점자와 자판을 쉽게 판별할 때도 많았습니다.

"베어, 마지막 네 개의 철자는 하나도 틀리지 않았어."

어머니는 기뻐하며 그렇게 말하기도 했습니다. 물론 어머니 역시 인내심의 한계를 느낄 때가 많았습니다.

"이제 손가락이 자판에 조금 익숙해진 느낌이 드니?"

하지만 베어는 어머니가 충분히 설명해 주지 않는다고 불만을 터뜨릴 때가 많았습니다. 이런 불평을 하고 나면 이내 후회가 되었지만 말입니다.

"미안해요, 엄마. 그런 뜻으로 말한 것은 아니었는데."

이렇게 사과를 하고 나면 어머니를 기쁘게하기 위해 더 열심히 노력했습니다.

이런 식으로 어머니와 아들은 극복할 수 없을 것 같은 문제를 극복하기 위해 함께 싸워 나갔습니다.

열한 시 반이 되면 베어는 늘 산책을 나갔습니다. 이제는 공원까지 아무런 문제없이 혼자서 갑니다. 벤치에 앉으면 유치원 수업이 끝나기를 기다릴 때가 많았습니다. 그러면 아이들 목소리가 공원을 가득 메워서 좋았습니다. 귀가 멍해질 정도로 종알거리는 소리들. 흥분한 목소리, 수줍어하는 목소리, 불가능한 것을 가능하게 만드는 목소리. 이 모든 것은 어린아이들이 꿈꾸는 환상의 세계를 엿들을 수 있는 순간입니다.

황당무계한 얘기를 자주하는 아이의 목소리가 다시 들려왔습니다. 베어는 꼼짝하지 않고 벤치에 앉아 귀를 기울였습니다.

"우리 아빠는 힘이 세서 달리는 기차를 멈추게 할 수 있어!"

지스 목소리였습니다. 이 녀석은 항상 과장이 심합니다.

"우리 아빠는 부자라서 기차를 살 수 있어!"

얀 목소리였습니다. 왕이 되려고 했던 녀석.

"만일 네 아빠가 기차를 한 대 사면, 우리 아빠는 그 기차를 멈춰 버릴 거야. 그러면 네 아빠는 기차로 아무것도 할 수 없을걸!"

"그러면 우리 아빠는 기차를 두 대 사면 돼!"

얀이 재빨리 응수합니다.

"우리 아빠는 기차 두 대를 모두 멈출 수 있어!"

"그러면 우리 아빠는 기차 세 대를 살 거야. 네 아빠가 기차 두 대를 멈추게 하면, 우리는 세번째 기차로 가면 돼!"

"우리 아빠는 발을 기차 앞에 댈 거야!"

"그건 말도 안 돼. 발은 두 개밖에 없잖아. 우리 아빠는 기차가 세 대나 되는데!"

"할 수 있어!"

지스는 큰소리를 칩니다.

"우리 아빠는 발로 기차 두 대를 막고, 작은 손가락으로 세번째 기차를 막으면 돼!"

그러자 조용해졌습니다. 이제 대꾸하기가 힘든 모양입니다.

"우리 아빠가 기차 열 개를 사면?"

얀이 조심스럽게 덤불을 만지면서 드디어 응수를 합니다.

"그러면 우리 아빠는 열 손가락으로 그 기차를 모두 막을 거야!"

"그럼 우리 아빠가 비행기를 한 대 살 거야."

얀이 다시 공격합니다.

"우리 아빠는 부자거든!"

"우리 아빠는 비행기를 간단하게 낚아채지!"

"어떻게? 그렇게는 못해! 네 아빠는 손가락이 열 개 있고, 기차를 막으면 끝이잖아!"

얀의 승리는 이제 뒤집을 수 없을 듯합니다.

"할 수 있어."

지스는 느릿느릿 말했습니다. 녀석은 얀을 물리칠 수 있는 묘안을 생각하고 있는 게 틀림없습니다.

"어떻게?"

"발가락이 있잖아."

지스가 말합니다.

"우리 아빠는 발가락으로 날아가는 비행기를 낚아채면 돼. 힘이 굉장히 세거든!"

아직 승리를 장담하지 못한 얀은 이미 대답할 거리를 준비하고 있었습니다.

"그러면 우리 아빠는 배를 살 거야. 배를 타고 바다로 나가는 거지!"

"우리 아빠는 그러면 기차 열 대를 항구에 던져 버려. 그럼 네 아빠는 빠져나갈 수 없거든!"

"빠져나갈 수 있어!"

"없어!"

"떠버리!"

"너도 마찬가지야!"

두 녀석은 마침내 벤치 앞을 지나갔습니다. 그런데 갑자기 걸음을 멈추었습니다.

"어? 베어!"

두 꼬마는 이미 기차와 배는 까마득히 잊어버렸습니다.

"우리가 건너편까지 데려다 줄까?"

"좋아."

베어가 말했습니다.

아이들의 땀에 젖은 손과 서늘한 손이 베어의 양손을 잡고 공원 가를 따라갔습니다.

"우리 할머니는 귀가 먹었어. 귀가 안 들려도 힘들 거야."

지스가 말했습니다.

"우리 고모는 휠체어에 앉아 있어. 걸을 수가 없어서. 그게 훨씬 힘들어."

얀이 말했습니다. 녀석들은 다시 티격태격하려는 걸까?

"정신병에 걸리면 그게 더 힘든 일이야."

지스가 소리 질렀습니다.

"우리 할아버지는 돌아가셨어. 죽는 게 제일 심각해!"

얀 목소리는 명랑하기 그지없었습니다. 왜냐하면 죽은 할아버지를 내세워 지스를 이길 수 있으니까요.

"이제 다 왔어, 베어."

"그래. 나도 알아. 고맙다!"

베어는 지팡이로 보도를 두드리며 집으로 향했습니다.

지스와 얀 목소리가 어렴풋이 들려왔습니다.

"눈을 감고 누가 멀리 갈 수 있는지 내기해 볼까?"

"싫어!"

"왜?"

"눈을 감고 계속 가면, 미국까지 갈지도 몰라. 아니면 아프리카 또는 헤이그."

"그런 일은 없어!"

"있어!"

"없다니까!"

베어는 미소를 지으며 집으로 들어갔습니다.

그날 오후에도 할 일이 정해져 있었습니다. 차를 마시고 나자 베어는 어머니와 함께 한 시간 동안 타자기 연습을 했습니다. 그런 다음 티어드가 와서 숙제를 같이 했고, 저녁에는 아버지와 함께 8시까지 공부를 했습니다.

"뜻이 있는 곳에 길이 있는 법이다."

베어가 병원에서 퇴원했을 때 베어의 계획표를 짜던 아버지는 그렇게 말했습니다.

하지만 어머니는 반대했습니다.

"왜 그래요? 조금 쉬게 한 다음 계획표를 짜도 되잖아요."

"공부하다가 죽은 사람은 없어."

"그렇기는 하지만……."

"베어가 뭔가 이루려면, 다른 사람들보다 훨씬 열심히 해야 돼. 그러니 지금 당장 시작하는 게 좋아."

아버지는 베어가 평범한 청소년이 되기를 원합니다. 물론 나쁜 생각은 아닙니다. 하지만 혹시 아들의 눈이 멀었다는 사실을 받아들이고 싶지 않았던 것은 아닐까요?

"하지만……."

"아버지 말이 맞아요."

베어는 아버지 편을 들었습니다.

"그리고 공부를 안 하면, 내가 할 일이 뭐가 있겠어요?"

절망과 희망이 교차되어 눈물이 핑 돌았지만 베어는 겨우 참았습니다. 다른 방법은 없기 때문입니다.

베어는 한 번 더 축구장을 찾았는데 마지막 시합을 함께 하고 싶었던 것입니다.

2인승 자전거의 앞자리에 앉을 친구를 찾기란 쉽지 않았습니다. 경기가 끝나자 베니도 곧장 집으로 가야만 했고, 구프는 부모님과 함께 암스테르담에 가야 했습니다. 곰피는 과외를 받으러 가야 했습니다. 여러 군데 전화를 한 끝에 게르트가 왔습니다.

탈의실에서 베어는 친구들 사이에 앉아 있었습니다. 모

두가 친절하게 대해 주었습니다. 하지만 이제는 축구장이 자신의 세계가 될 수 없다는 느낌이 들었습니다. 왜 그럴까요? 자신의 주변에서 들려오는 말 때문일까요?

"오늘 저녁에 극장 가는 거 어때?"

디키가 곰프에게 말했습니다. 제임스 본드가 나오는 영화를 이미 몇몇 친구들은 보았다고 했습니다.

"내일부터 테니스 대회가 열려."

"보러 갈 거야?"

"그럴 생각이야."

"나는 야구장에 가."

이런 소리들은 모두 과거의 세계에 있다고 베어는 생각했습니다. 예전에 흥미로웠던 대화들이 이제는 자기와는 상관없는 일이 된 것입니다. 제임스 본드, 테니스, 야구. 이 모든 것은 흥미롭고 재미있기는 하지만 눈이 보여야만 가능합니다.

경기가 진행되는 동안 베어는 약간 우울한 얼굴로 게르트가 지키고 있는 골대 옆에 앉아 있었습니다. 운동장에서 들려오는 고함 소리는 여전히 격렬했고 지난번보다 더 날카로웠습니다.

"오프사이드 조심해!"

디키가 한가운데서 고함을 질렀습니다.

이 말이 베어의 머리에서 떠나지 않았습니다. 삶에서 오프사이드에 서 있다면 정말 끔찍한 일이 아닐까? 내가 탈의실에 앉아 있을 때, 바로 그런 심정이 아니었을까? 참고 앉아 있었지만, 베어는 역시 탈의실에 있던 친구들 사이에 속할 수는 없었습니다.

"나는 여기에 마치 마스코트처럼 서 있어."

베어는 자신에게 이렇게 말했습니다.

네덜란드 국가대표 축구팀의 마스코트인 토끼가 아니라, 멍청하고 눈이 먼 곰과 같다고 생각했습니다.

구두를 만드는 사람은 다른 일에 참견하지 말고 구두 만드는 일을 해야 합니다. 길을 포장하는 노동자가 바다에 나가면 무슨 일을 할 수 있을까요? 마찬가지로 축구장에 있는 장님 역시 무용지물에 불과했습니다.

이런 사실을 깨닫고 나자 고통스러웠지만 다른 한편으로 마음이 홀가분해졌습니다. 베어는 오프사이드에 서 있지 않아도 되는 다른 분야를 생각했기 때문입니다.

"자, 뭣들 해! 실력을 보여 주라고!"

베어는 운동장을 향해 고함을 질렀습니다. 이 응원은 일종의 이별을 위한 인사였습니다. 오랜 친구들, 자신에게 소중했고 2인승 자전거를 선물했던 축구 친구들. 하지만 이제 베어는 알았습니다. 축구의 세계는 이제 자신의 세계가 될 수 없다는 사실을.

나중에 지금보다 훨씬 나중에 가서야 베어는 이날 축구장의 모퉁이에 앉아 있던 순간이 자신에게 어떤 의미를 주었는지 깨달았습니다. 베니가 첫번째 슛을 날리기 바로 전에, 베어의 삶은 몸으로 움직이고 눈으로 볼 수 있는 세계에서 정신의 세계이자 본질적인 세계로 방향을 바꾼 것입니다.

베어는 사고가 난 직후 아버지가 한 말을 떠올려 보았습니다.

"베어, 우리 두 눈은 정말 중요한 것을 못 본단다."

바로 이 말이 떠올랐을 때 운동장에서는 귀가 터질 듯한 환성이 들려왔습니다. 구프가 패스한 공을 받아 베니가 골을 넣었던 것입니다.

오프사이드에 서 있을 필요가 없는 세계, 이제부터 신뢰할 수 있는 세계란 바로 책과 대화의 세계였고, 사고와 음악의 세계였습니다. 이 세계는 티어드가 사는 세계이기도 했습니다.

조용하고 수줍음이 많은 티어드는 베어가 예전에 상상했던 모습과는 많이 달랐습니다. 티어드가 읽은 책들, 그리고 사고의 수준은 놀라울 정도였습니다. 매일 오후 티어드는 한 시간 혹은 두 시간 정도 베어의 집에 머물렀습니다. 그리고 오기 전에 베어와 무엇을 할지 늘 계획을 짜 두었습니다.

"이제 라틴어 단어 연습을 반복하자."

티어드는 자신 있는 목소리로 말했습니다.

"그런 다음 프랑스어를 공부하면 돼."

티어드는 감탄사가 절로 나올 만큼 인내심이 강해서 라틴어 단어나 프랑스어 단어를 두 번씩, 혹은 세 번씩 읽어 주었습니다.

"녹음기를 사는 게 좋을 것 같아."

어느 날 오후 생물을 공부하다가 어려운 부분이 나오자 티어드가 그런 제안을 했습니다.

"녹음기가 있으면 시간을 절약할 수 있을 거야."

"그렇겠지만, 상당히 비쌀 텐데."

베어가 대답했습니다.

"그래도 하나 사자."

"어떤 거?"

"아주 괜찮은 걸 봐 뒀거든. 할부로 살 수 있어."

"하지만 티어드, 우리 부모님은 나 때문에 이미 돈을 많이 썼어. 또 녹음기까지 사 달라고 할 수는 없을 것 같아."

"우리가 벌어서 사면 돼."

"우리가 벌어서? 어떻게?"

"우선 신문을 돌리는 거야. 여기 오기 전에 내가 여기저기 전화를 해서 알아봤거든.《헷파루*Het Parool*》에서 사람을 구하더라고. 우리가 2인승 자전거를 타고 신문을 돌리면 빨리 할 수 있을 거야!"

티어드의 신중한 목소리는 흥분을 불러일으켰습니다.

갑자기 베어는 새로운 세계로 발을 내디딘 사람은 자신만이 아니라는 생각이 들었습니다. 자신의 보이지 않는 눈은 그동안 남의 눈에 띄지 않게 조용히 살던 티어드를 외로움에서 벗어나게 해 주었고, 예전에는 꿈만 꾸어 왔던 모험까지 감행할 수 있도록 해 주었으니 말입니다.

아버지와 어머니, 아네미크, 친구들과 아는 사람들 얼굴이 베어의 머릿속에서 서서히 희미해져 갔습니다. 그 얼굴들은 베어의 눈꺼풀 뒤에 숨어 있는 알 수 없는 여명의 세계 속으로 사라져 갔습니다. 처음에는 슬펐지만 점차 익숙해졌습니다. 사람들 외모는 이제 중요하지 않았습니다.

베어가 만나는 사람들이 긴 머리를 했든, 짧은 머리를 했든, 보석을 하고 있든, 어떤 옷을 입고 있든 그 사람을 아는데 아무런 도움이 되지 않았습니다. 외모 대신에 뭔가 다른 것, 그러니까 훨씬 가치 있는 어떤 것이 자리를 차지하기 시작했습니다. 이런 것은 말이나 그림으로 표현하지 못합니다. 왜냐하면 영혼과 관련된 것이기 때문입니다.

베어는 티어드와 함께 처음으로 신문을 배달했을 때 그런 경험을 할 수 있었습니다. 티어드는 어떤 집에서 편지통을 찾지 못해 초인종을 눌렀습니다. 낯선 여자가 문을 열더니 티어드와 수다를 떨었습니다. 두 사람은 아주 짧은 대화를 나누었지만 베어는 이 여자의 모습을 분명하게 그려 볼 수 있었습니다.

"정말 불쌍한 사람이야."

"뭐? 어떻게 알 수 있어?"

티어드가 놀라서 물었습니다.

"목소리를 들으면 알 수 있지."

"그렇게 슬퍼 보이지는 않았어. 그리고 아주 예쁜 여자던데."

"내기 할까?"

다음 날이었습니다. 그 여자는 남편을 잃고 난 뒤 아직 안정을 찾지 못해서 외롭게 살고 있다는 것을 알게 되었습니다.

"넌 볼 수도 없으면서 어떻게 그 사람을 알 수 있는 거야?"

베어는 잠시 생각을 한 뒤 이렇게 말했습니다.

"눈이 먼 뒤부터 사람들과의 만남은 나에게 멋진 음악이거나 불쾌한 음악이었어. 음악을 볼 수는 없잖아. 하지만 울림은 깊은 곳까지 들어와서 다양한 감정과 생각들을 불러내지. 나랑 사람들과의 관계도 그래. 내가 사람들을 보지는 못하지만, 그 대신 그들의 목소리를 들을 수 있잖아. 그리고…… 그리고 그 사람들이 어떤 사람들인지 알 수 있어."

"예전에도 그랬어?"

베어는 고개를 저었습니다.

"그런데 어떻게 그렇게 될 수 있는 거야?"

"네가 보는 모든 것은 네 주의를 산만하게 만들어. 손톱에 낀 때나 너덜너덜한 셔츠. 혹은 불안한 눈동자. 또…… 또 웃고 있는 입. 아마 너는 그 여자의 예쁜 옷을 봤거나 거실에 걸려 있는 골동품 벽시계, 혹은 다른 것을 보았겠지. 하지만 그런 것들은 나한테 중요하지 않아. 나에게는 목소리만 들리지. 그리고 모든 사람의 목소리는 항상 그 사람의

영혼이 담겨 있어."

"멋지다!"

티어드는 짤막하게 말했습니다.

하지만 그 이상이었습니다. 눈이 안 보이기 시작하면서부터 베어는, 과거에 믿었던 것과는 달리 사람이란 매우 놀라운 존재라는 사실을 발견했습니다. 모든 사람은 일상생활을 하면서 일종의 우산을 쓰고 살아갑니다. 그러니까 이우산으로 감정을 숨기는 것입니다. 그러니 친절하고 활짝웃는 미소 뒤에 외로움과 비애, 시기심, 혹은 두려움의 세계가 숨어 있을 때도 많지 않을까요?

예전에는 그와 같은 것을 생각하지 못했지만 이제 눈이멀게 된 베어는 사람에 대해서 더 많은 생각과 지식을 얻었습니다. 이제 베어는 의사가 될 수 없기에 가끔 머릿속으로심리학 놀이를 해 봅니다. 대학생 형처럼.

어쩌면 불행한 경험도 해 볼 필요가 있을지 모릅니다.물론 불행은 처절하고 지극히 극적인 면이 있지만 말입니다. 그처럼 가슴 아픈 경험을 베어도 하게 됩니다.

8
삶을
사랑하라

성장기에 있는 사람은 예외 없이 장애물이 많은 길을 걸어가야 합니다. 어른이 된 다음에도 마찬가지입니다. 그와 같은 장애물에 맞닥뜨리는 순간 대부분 자신과의 싸움이 시작되고, 주변이나 전 세계, 심지어 신을 상대로 한 싸움이 시작되기도 합니다.

이런 장애물들은 앞을 내다볼 수 없는 고독한 장소에 설치되어 있습니다. 장애물을 만난 사람은 마치 촘촘한 망에 갇혀 이리저리 달리지만 망을 빠져나갈 수 없는 신세와 비슷합니다.

베어는 자주 그런 장애물과 맞닥뜨렸습니다. 특히 공부가 잘 안 되는 날이면 깊은 절망 속으로 빠졌습니다. 그럴 때마다 눈이 멀게 되었다는 사실이 베어를 숨 막히게 했습니다. 그러면 삶은 더욱더 가망이 없어 보였습니다.

"빌어먹을, 빌어먹을, 빌어먹을!"

어머니의 설명에 따라 타자기를 연습하는 중간에 자판을 제대로 찾을 수 없을 때면 이처럼 소리를 질렀습니다. 이럴 때면 베어는 한순간만이라도 자판의 위치를 보았으면 좋겠다는 소망이 간절했습니다.

우울함이 찾아올 때면 베어는 자신이 장님이라는 사실을 떠올리며 새삼 괴로워했을 뿐 아니라, 온 세상이 그야말로 투쟁과 결핍으로만 가득 차 보였습니다. 이렇게 마음이 복잡할 때면 베어는 가구에 부딪히거나 문지방에 걸려 넘어졌고, 자신의 손가락은 자판에 있는 글자들을 전혀 찾아내지 못했습니다. 실력이 늘지 않는다고 욕을 하면서 하루하루 절망에 빠진 날들을 보냈습니다. 그러다가 갑자기 베어는 자신이 간호사 빌에게 했던 말이 떠올랐습니다.

"내 삶은, 내 모든 삶은 망가졌어요!"

그러나 대부분 사람들처럼 베어도 끊임없이 용기를 얻었습니다. 절망에 빠질 때마다 여기에서 빠져나올 힘을 찾았고 그러면 또 하나의 진실을 깨달았습니다. 긴장을 풀고 자신의 운명을 자연스럽게 받아들이면, 자신을 에워싼 세상이 더 잘 보인다는 사실 말입니다.

"장애물을 하나 넘으면 또 다른 장애물이 나오는 세상에 살고 있어요."

베어는 어느 날 저녁 아버지에게 이렇게 말했습니다.

어머니와 한 시간 가량 타자기 앞에서 연습을 했지만, 여전히 진전이라고는 없었습니다.

"물론 그럴 거야."

아버지가 대답했습니다.

"그러나 장애물들이 점차 쉽게 느껴질 거란다."

이틀 후 베어는 끝이 보이지 않는 나락으로 떨어진 기분이었습니다. 절망이 너무 깊은 나머지 이렇게 살아간다는 것이 과연 무슨 의미가 있는지 의문스러웠습니다.

"헉!"

베어는 깨어나자마자 침대에서 일어났습니다. 가로등 불빛을 가리기 위해 커튼도 내리지 않은 게 이상했습니다. 그제야 알았습니다. 그렇지, 내 눈은 멀었어!

또다시 꿈에서 뱀을 보았습니다. 삶이 힘들다고 느껴지면 늘 뱀이 나오는 꿈을 꿉니다. 베어는 너무나 끔찍한 꿈에서 깨어나면 그 어느 때보다 힘들고 외로웠습니다.

바깥 소리를 들어 보니 아직 밤이 분명했습니다. 계단에서 소리가 났습니다. 낮에는 절대 들을 수 없는 소리였습니다. 길에서는 자동차 소리도 나지 않았습니다. 한 시일까? 아니면 해가 벌써 떴을까?

끔찍한 꿈을 떨쳐 버리려고 베어는 이불을 밀어내고 맨발을 바닥에 대어 보았습니다. 꿈속에서 베어는 늘 자신의 몸을 칭칭 감고 있는 검은 뱀으로부터 빠져나오곤 했습니다. 그렇지만 이 뱀들 중 한 마리는 자신을 꼭 붙들고 목을 칭칭 감는 것만 같았습니다.

"오, 하느님!"

베어는 마치 어둠을 눈에서 몰아내려는 듯 손으로 이마를 때렸습니다. 속수무책이었습니다. 베어는 찬물로 얼굴을 씻으면 두려움이 사라질지 모른다는 생각에 조심스럽게 세면대로 걸어갔습니다. 어둠 속에서 손으로 더듬어 의자를 발견했고 이어서 반쯤 열린 방문을 만졌습니다. 아버지와 어머니의 침실에서 이야기 소리가 희미하게 들렸습니다. 벌써 아침인가? 아니면 이제 밤이 시작된 걸까?

"가서 엿들어 봐!"

자신의 내면에서 이런 목소리가 들렸습니다.

'왜 엿들어야지?'

아버지와 어머니가 밤에 나누는 대화는 중요할 테니까. 분명 자신에 관해서 대화를 나누고 있을 테니까.

발꿈치를 들고 베어는 복도를 따라 살금살금 걸어갔습니다. 문에 붙어서 남의 말을 엿듣는 버릇은 없었지만, 눈이 멀자 자신도 모르게 외심하는 버릇이 생겼습니다. 수많은 것이 불확실하기에 베어는 확실하게 알고 싶었습니다.

안방문은 잠겨 있었지만 아버지와 어머니의 말은 이해할 수 있었습니다. 두 분의 목소리는 흥분돼 있었고, 얇은 크리스털처럼 깨질 듯 울렸습니다.

"나는 이해할 수가 없어요. 그 교장은 매우 친절했었는데."

어머니의 목소리는 흥분된 상태에서 약간 격앙되어 있었습니다.

"그러게 말이야. 선생님들이 회의 시간에 베어 문제를 놓고 의논을 했다고 하더군. 결과는 부정적이었대."

아버지의 목소리는 불확실하고 낙담한 듯했습니다.

베어는 아버지와 어머니의 모습을 눈앞에서 보는 것 같았습니다. 두 분은 침대에 앉아 있을 것입니다. 물론 아버지는 줄담배를 피우고 있겠지요.

"그래서요?"

"교장 선생님은 맹인 학교에 보내는 방법이 최선이라고 하더군."

"안 돼요, 그건 안 돼!"

"하지만 교사들이 그 방법이 옳다고 믿는다면? 우리보다 경험이 많잖아?"

"내가 죽고 난 다음에 그렇게 하라지."

베어는 놀라서 계단 난간을 붙들었습니다. 다리가 마구 떨렸습니다. 몇 주 동안 고생고생하며 점자와 타자기를 배운다고 법석을 떨고, 티어드와 함께 그토록 열심히 공부했건만…… 침실에서 이 말을 듣자 자신의 등에 칼이 꽂힌 것 같았습니다.

"어쩌면 이보다 더 좋은 방법은 없을지도 몰라."

아버지는 혼잣말을 했고 목소리는 지쳐 있었습니다.

"나는 정말 설득을 해 보려고 온갖 말을 다했어. 사정도 해 보았고 빌기까지 했어. 우리가 베어의 공부를 전적으로 책임지겠다는 말도 했다니까."

"나쁜 인간들!"

"그러지 마, 여러 가지 문제를 다 생각해 봐야 하잖아."

"하지만 베어한테 약속하기를……"

잠시 조용해지더니 어머니의 흐느끼는 소리가 들렸습

니다.

"자, 손수건 받아. 제발 울지 마. 운다고 해서 해결할 수 있는 일은 하나도 없으니까."

아버지는 어머니를 위로합니다.

"어떻게 하죠?"

"용기를 잃으면 안 돼. 나는…… 나는 당장 내일이나 모레쯤 맹인 학교에 가 볼 생각이야. 전문가들에게 물어봐야겠어."

"안 돼! 그렇게는 안 돼요!"

어머니는 여전히 훌쩍거리며 말합니다.

"교장의 말을 따를 필요가 없잖아요!"

"그럼, 어떻게 하겠다는 거야?"

"먼저 학부형 회의를 소집해야 해요. 그러고 나서 베어 학급의 학부형들에게 함께 공부해도 된다는 동의서에 서명을 받을 거예요."

"서명을?"

아버지가 놀라서 물었습니다.

"반에서 시각장애인 학생이 공부를 해도 항의하지 않겠다는……"

"꼭 '항의'라는 말을 해야 해요?"

"왜냐하면 학급에 큰 부담이 되니까. 베어가 수업을 듣는다면 수업이 제대로 진행될 수 없으니까."

다시금 조용해졌습니다. 담배에 불을 붙이는 라이터 소리가 들립니다. 어머니는 또다시 훌쩍입니다. 지금쯤 두 사람은 앞을 멍하니 보며 아들을 위해 가장 좋은 방법이 무엇인지 생각할 것입니다.

베어는 목청껏 고함을 지르고 싶었지만 겨우 참았습니다. 마지막까지 남아 있던 자존심이 한꺼번에 무너졌습니다. 서명을 받는다고! 그런 일을 하느니 차라리 오른손을 잘라 버리고 싶었습니다.

어머니의 목소리가 들립니다.

"교장 선생님이 한 말을 전해야겠죠?"

베어는 숨을 죽였습니다. 앞으로 부모님을 믿을 수 있을지 없을지가 결정되는 중요한 순간이니까요

"그렇게 해야겠지."

아버지가 조용히 대답했습니다.

"어쩌면 조금 더 기다려 보는 것도 낫지 않을까 싶은데."

어머니가 신중하게 말했습니다.

"지금 하는 일도 많은데."

다시 침묵이 흘렀습니다.

"우리가 말을 해 주지 않으면, 충격이 더 클지도 몰라."

"이 소식을 들으면 분명 슬퍼하겠죠."

문을 통해 떨고 있는 어머니의 목소리를 들을 수 있었습니다.

"우리는 더 슬퍼하고 있잖소."

아버지가 중얼거립니다.

침대가 삐거덕거렸습니다. 라이터가 켜지는 소리. 한숨을 내쉬는 소리.

그런 뒤, 바람에 나부끼는 갈대처럼 떨고 있는 어머니의 목소리가 들렸습니다.

"그렇다면, 학교는 정말 베어를 받아들이지 않을까요?"

"그럴 거야."

"하지만 우리는 계속 싸워야죠. 장관에게 청원서라도 내든지……."

"어쩌면 그래야겠지. 어쩌면."

아버지는 신중하게 대답했습니다.

또다시 침묵이 흘렀습니다. 아버지와 어머니는 침대에 앉아 담배를 피웠고, 아들의 불확실한 미래가 유령처럼 두 사람 사이를 돌아다녔습니다.

베어는 몸을 돌렸습니다. 충분히 들을 만큼 들었습니다. 너무나 절망적이라 자기 방으로 돌아가고 싶었습니다. 아버지와 어머니의 대화는 베어의 몸을 마비시키고 말았습니다. 지금껏 부모님이 자기 때문에 그렇게 걱정하는 모습을 본 적이 없었습니다. 빌어먹을 사고가 왜 몇 년 뒤에 일어나지 않았단 말인가?

베어는 자기 방으로 돌아가려 했지만 긴장을 한 나머지 방향 감각을 잃고 말았습니다. 그래서 자기 방 앞에서 뒤뚱거리다가 세탁물 통을 밟아 그만 넘어지고 말았습니다.

"제기랄!"

자신도 모르게 욕설이 터져 나왔습니다. 베어는 귀를 기울였습니다. 아버지와 어머니는 자신의 욕설을 들었을 것입니다.

아버지와 어머니는 침대에서 일어났고 안방문이 열렸습니다.

"베어!"

어머니의 목소리. 불안하고 두려움이 가득한 목소리였습니다. 아버지는 베어의 팔을 잡아 일으켜 주었습니다.

"무슨 일이야?"

"화…… 화장실에 가려고요."

재빨리 변명을 했습니다. 다른 말은 떠오르지 않았으니까요.

"이쪽으로!"

이제 어머니가 베어의 팔을 잡아 줍니다.

"지금 몇 시에요?"

"새벽 한 시 반이 조금 넘었어."

"아직 주무시지 않았어요?"

부모님을 믿지 못하는 것은 좋은 일이 아니지만, 베어는 그런 식으로 슬쩍 부모님 마음을 떠보았습니다. 사실 절망적인 삶을 사는 사람에게 믿음이 자리 잡기란 쉽지 않습니다.

"그래. 깨어 있었어."

"이렇게 늦은 시각까지?"

"응."

아버지의 목소리는 차분했지만, 지금 아버지는 어머니를 보고 있을 것이라고 베어는 생각합니다.

"얘기할 게 있어서 말이다."

"나에 관해서요?"

"그래. 너에 관해서."

"가자, 너무 늦은 시각이야."

베어는 화장실로 따라갔습니다. 화장실에서 볼일은 전

혀 없었지만, 변기의 물을 내렸습니다. 마치 변기의 물처럼 베어 자신도 함께 내려가는 것 같았습니다. 이런 감정은 처음이었습니다. 절망에 빠진 삶이란 많은 점에서 오물로 가득 차 있는 어두운 구덩이와 비슷했습니다.

암흑과 정적으로 가려진 밤. 베어는 누웠으나 잠을 이룰 수 없었습니다. 진실을 말해 주지 않는 부모님 생각을 떨칠 수가 없었습니다. 베어는 구덩이의 흐릿한 물에서 낚시를 하고 있었고 날이 밝기만을 기다렸습니다.

학교로 돌아갈 수 없다고? 이 얼마나 부당한 일인가. 자신은 반에서 가장 뛰어난 학생이었는데. 어쩌면 부모님이 계속 싸우고 학교운영위원회와 상의를 하면, 기회가 생길지도 몰라. 부모님은 정말 학부형들에게 서명을 받을 생각일까? 가령, 바보 같은 미엔테의 부모님이나, 병에 커닝 페이퍼를 넣어 물에 띄어 놓는 파울 안의 부모님에게? 그런 일을 하느니 차라리 죽는 게 나아. 왜, 왜 정원사는 갈고리를 거름더미에 꽂아 두지 않은 거야!

베어는 분노에 차서 불행한 자신의 삶과 온 세상을 가득 채운 혼란을 생각했습니다. 이리저리 뒤척이며 끔찍한 상상에서 벗어나지 못했습니다. 자기 몸을 칭칭 감고 있던 검은 뱀 앞에서처럼 자신을 숨길 수 없었습니다.

길고 어두운 밤이었습니다. 베어는 자신의 존재가 산산
조각이 나 버린 느낌이었습니다. 그리고 이번에는 이 조각
을 이어줄 힘조차 없었습니다.

"만일 내가 죽어 버린다면, 모든 것이 끝날지도 몰라.
아버지와 어머니의 부담도 덜어 줄 수 있겠지."

하늘에 떠 있는 별들에게 가려면 늘 어둠을 통과해야 한
다는 사실을 알기엔 베어는 아직 어린 나이였습니다.

새들이 지저귀고 이른 아침에 화물을 실은 열차들이 덜
커덕 소리를 내며 달릴 즈음에야 베어는 잠이 들었습니다.

"아직 자니?"

멀리서 어머니의 목소리가 들려왔습니다. 꿈에서 다시
현실로 돌아오려 하자 시간이 걸렸습니다.

"아침 가져왔다."

베어는 몸을 일으킵니다.

"차 마셔라."

베어는 찻잔을 받아서 한 모금 마십니다.

"몇 시에요?"

"아홉 시 십오 분쯤."

"벌써 그렇게 되었어요?"

"지난밤에 늦게 잤을 테니 푹 자도록 내버려 뒀지."

어머니의 목소리는 조심스러웠고 신중했습니다.

"두 분도 늦게 주무셨죠?"

"응."

어머니가 말합니다.

"무슨 일이 있는 거예요?"

어머니는 주저했습니다. 아주 잠시 동안. 그런 뒤 아침을 가져온 쟁반을 침대 곁에 있는 작은 책상 위에 놓았습니다. 어머니의 대답이 얼마나 중요한지 어머니도 알고 있을까?

"응. 그래, 그 문제 때문에."

"무슨?"

"아버지가 어제 교장 선생님한테 갔었거든."

"그랬더니……?"

베어는 이미 대답을 알고 있었기에 이렇게 묻는 자신이 미웠습니다. 어머니가 자신에게 진실을 말하는지 아니면 거짓말을 하는지가 뭐 그리 중요하단 말인가. 그렇다고 해서 이미 깨져 버린 신뢰를 다시 회복할 수 있을까?

"그래서……?"

어머니는 숨을 깊이 들이마셨습니다. 어려운 이야기를 꺼내야 하지만 어떻게 시작해야 좋을지 모르는 사람들처럼.

바로 그때 초인종 소리가 들렸습니다. 어머니는 자리에서 벌떡 일어났습니다. 어머니의 모습은 마치 라운드가 끝났다고 알려 주는 종소리에 간신히 살았다며 쏜살같이 달아나는 권투 선수 같다고 베어는 생각했습니다.

"도대체 누굴까?"

어머니는 서둘러 방에서 나가며 중얼거렸습니다.

베어는 죄책감이 들었습니다. 왜 쓸데없이 어머니를 힘들게 만드는 걸까?

아래층에서 문 여는 소리가 들렸습니다. 한 남자의 목소리가 복도를 통해 들려왔습니다.

"등기 소포입니다. 여기 서명해 주시겠어요?"

"그러죠."

"오늘 날씨 정말 좋죠?"

"네. 좋네요."

날씨가 좋다고? 베어는 집배원의 말이 달갑지 않게 들렸습니다. 태양이 떠 있건 그렇지 않건, 자신에게는 상관없는 일이었습니다. 실망과 불안에 거의 뜬 눈으로 밤을 보냈기에, 베어에게는 새로운 날의 시작이 어두운 구멍으로밖에 보이지 않았습니다. 하지만 놀랍게도 절망에 빠진 삶도 금세 극복할 수 있었습니다. 베어는 어머니가 계단을 올라왔을 때 이런 경험을 했습니다.

어머니가 방 안으로 들어왔을 때, 베어는 교장 선생님이 무슨 말을 했는지 더 묻지 않기로 결심했습니다. 어머니만 괴롭힐 뿐이니까요. 그동안 어머니가 겪은 일만으로도 이미 충분했으니까요.

"너한테 소포가 왔구나."

"나한테 소포가?"

"그래. 여기 작은 소포야. 손으로 한 번 만져 보렴."

베어는 팔을 쭉 뻗었습니다. 소포는 손바닥 안에 들어올 만큼 작았고 리본으로 묶여 있었습니다.

"누구한테 왔어요?"

"힐케만 부인이라고 적혀 있네."

어머니는 약간 놀라면서 말했습니다.

"처음 들어본 이름인데."

"편지도 한 장 들어 있어."

"그럼, 읽어 주세요. 혹시 점자로 찍혀 있는 건 아니죠?"

냉소 섞인 농담이었습니다. 그러나 어머니는 아무런 대답이 없었습니다. 어머니는 세면대로 가서 손톱을 다듬는 가위를 가져와 리본을 잘랐습니다. 종이 소리가 나더니 어머니는 편지 봉투를 뜯었습니다. 그리고는 아무런 소리가 나지 않았습니다. 힐케만 부인이 누구인지 알기 위해 어머니는 우선 내용부터 훑어보는 것일까?

"이럴 수가!"

어머니의 목소리는 깜짝 놀란 목소리였고, 충격을 받은 목소리였습니다.

"무슨 일인데요?"

"3병실에 있던 대학생이 보낸 편지야."

어머니는 나지막하게 말했고 갑자기 베어는 온몸에 소름이 돋았습니다.

"대학생 형한테서?"

어머니는 침을 삼켰습니다.

"내가 읽어 줄게."

어머니는 침대 가에 앉아서 편지를 읽기 시작했습니다.

🌸 사랑하는 베어

벌써 세 번이나 너한테 편지를 썼어. 하지만 매번 내

용이 너무 길어서 내가 말하고 싶은 뜻이 제대로 전달되지 않은 것 같구나. 이제 네번째 편지를 쓰고 있어. 짧막하게.

네가 이 편지를 읽을 때쯤이면 나는 이 세상에 없을 거야.

어머니는 큰 소리로 코를 풀었습니다. 편지는 어머니의 손 안에 그대로 있었습니다. 베어는 가슴이 메었습니다. 지난밤 그토록 절망하고 비관했던 자신이 부끄러웠습니다. 3병실에 있던 시간이 떠올랐습니다. 항상 좋은 친구가 되어 주었던 대학생 형과의 대화. 이제 더는 얘기를 할 수 없다니.

"오, 하느님!"

베어는 충격을 받아 신음 소리를 냈습니다. 울지 않으려고 입술을 깨물었습니다.

어머니는 더욱 불안한 목소리로 편지를 읽어 내려갔습니다.

❀ 너한테 골동품 시계를 보낸다. 몇 년 전에 우리 할아버지한테 받은 시계야. 삼십 분마다 울리고 시간마다 울

리지. 그러면 너는 언제나 시각을 알 수 있을 거야.

베어는 몸을 떨었습니다. 실제 모습은 한 번도 보지 못한 대학생 모습이 떠올랐던 것입니다. 갑자기 대학생 형을 영원히 잊지 못할 것이라는 느낌이 들었습니다. 대학생 형의 일부분이 자신에게서 계속 살아 있을 테니까. 형은 3병실에 있을 때 그렇게 되기를 바란다고 했었지.

✿ 베어, 대학에서 공부를 하면서 알게 된 사실이 있단다. 장님들은 의심이 많다고 하더구나. 보이지 않으니까 그럴 수 있겠지. 하지만 나는 네가 신뢰하면서 살기를 진정으로 바란다. 세상에 불신만큼 사람을 숨 막히게 하는 것은 없거든.

삶을 사랑해라. 비록 삶이 너를 실망시킬 때도 있겠지만 삶에서 뭔가 의미 있는 것을 만들어 봐.

마지막 말은 창을 통해 방 안으로 들어오는 아침 햇살과 함께 울려 퍼졌습니다. 어머니는 소포를 열어 보았습니다.

"이건…… 이건 금시계로구나. 이렇게 오래되고 동그란 시계가 아직 있다니!"

어머니는 조심스럽게 시계를 베어의 손에 올려놓았습니다.

베어는 더 참을 수가 없었습니다. 울지 않으려고 했지만 감정이 북받쳤던 것입니다.

"엄마!"

베어는 마음껏 울었기에 그간 쌓였던 걱정들이 한꺼번에 쏟아져 나오는 듯했습니다. 다름 아닌 대학생 형 때문에 울었습니다. 편지 때문에. 이 편지 뒤에 숨어 있는 세상, 너무나도 가슴 아픈 세상 때문에.

베어는 울면서 이렇게 소리 질렀습니다.

"나는 교장 선생님이 무슨 말을 했는지 다 알아요. 이제 그런 것 따위는 중요하지 않아!"

어머니는 아들의 어깨를 다독거렸습니다. 베어가 울음을 멈출 때까지 어머니는 가만히 있었습니다.

"우리는 잘할 수 있을 거야."

베어는 고개를 끄덕이며 대학생 형을 떠올렸습니다. 그리고 왜 그런 편지를 보냈는지 알 수 있었습니다.

어느 날 오후, 대학생은 비슷한 말을 병원에서 한 적이 있습니다.

'베어, 네 눈이 보이지 않는다고 해도 너는 여전히 청소

년이야. 이 세상에 있는 청소년들 가운데 반 이상이 너보다
더 열악한 환경에서 살고 있어. 그러니 삶을 사랑하도록
해. 힘든 일을 자주 겪게 되더라도 말이야.'

베어는 자리에서 일어나 창문으로 갔습니다.

"미안해요. 내가 그렇게 행동한 거."

그리고는 훨씬 자신 있게 말했습니다.

"앞으로 그런 일은 절대 없을 거예요."

금시계는 밝은 소리로 아홉 시 반을 알렸습니다.

장애인과 비장애인의
울타리를 넘어

훨씬 나중에야 베어는 대학생의 편지와 금시계가 자신을 엄청나게 변화시켰다는 것을 알았습니다. 편지와 시계는 베어의 자기 연민을 떨쳐 버리게 했습니다.

누구든 자신에게 주어진 짐을 지고 가야 해. 그러니 자신의 문제만을 보는 것은 어리석지 않은가?

베어는 이 편지를 계기로 장애물 하나를 넘었다는 사실을 깨달았습니다. 이 순간부터 소년은 더 강하고 당당하게 삶을 맞이했습니다. 그러니까 베어는 모든 사람이 배려해야 하는 장애인으로서가 아니라, 사회에서 소외받지 않는 지극히 정상적인 사람으로서 삶을 대했습니다.

물론 베어는 자신을 불쌍하다고 생각하는 외부 세계와

맞설 때도 많았습니다. 가령 데 루이스 부인이 동정어린 목소리로 이런 말을 할 때입니다.

"오, 베어! 이제는 어떠니? 눈이 보이지 않다니, 너한테는 정말 불행이 아닐 수 없구나. 정말 끔찍해!"

도대체 무슨 대답을 듣고 싶어서 이런 말을 하지?

"멍청한 것보다 눈이 안 보이는 게 더 나아요."

그리 친절한 말투는 아니지만 베어는 그렇게 대답했습니다. 하지만 시간이 지나면서 베어도 사람들 말에 점차 농담으로 대꾸하는 법을 배우기 시작했습니다.

"저는 장님처럼 눈 딱 감고 믿으면서 살아요. 아무나 이렇게 살 수는 없죠."

사람들은 장님으로 살면 매우 불안할 것이라고 생각합니다. 그래서 동정을 하는 때가 많습니다. 그러면 베어는 농담으로 분위기를 바꾸었습니다. 유머와 냉소를 통해 스스로도 장님이라는 사실을 충분히 감당할 수 있음을 베어는 사람들에게 보여 주었습니다.

물론 비관적인 생각을 떨쳐 버릴 수 없는 순간도 있었습니다. 하지만 다행스럽게도 그때마다 대학생이 준 금시계가 삼십 분마다 울렸습니다.

"삶에서 뭔가 의미 있는 것을 만들어 봐!"라고 말하는 듯했습니다.

얼마 후 베어는 시계 소리를 듣지 않아도 스스로 힘든 상황을 극복해 나갔습니다. 절망과 싸워 가면서 눈이 멀게 되었다는 사실을 점차 극복하는 법을 터득한 것입니다.

그러나 부모님의 근심은 오히려 더 깊어졌습니다. 눈먼 아들을 생각하면 하루하루가 힘겹기만 했습니다. 특히 주변 사람들 때문에 상처를 많이 받았습니다.

"어떻게 저 애를 맹인 학교에 보낼 생각을 할 수 있는 거냐?"

어느 날 할머니가 흥분해서 언성을 높였습니다. 오랜만에 베어의 집에 오셔서 함께 식사를 하는 중이었습니다. 식사가 끝난 뒤, 베어와 아네미크가 2층으로 올라가자 손자의 미래를 걱정하며 할머니는 그렇게 소리를 쳤습니다.

"그 아이가 있을 곳은 여기야. 우리 곁을 떠나서는 안 돼! 지금 그 아이에게 가장 필요한 건 따뜻한 가족의 손길이란다."

화가 잔뜩 난 할머니의 목소리였습니다.

"저도 그렇게 생각해요. 하지만……."

어머니가 말했습니다.

"하지만은 무슨 하지만?"

할머니는 어머니의 말을 가로막았습니다.

"그렇게 간단한 문제가 아니란 말이에요."

이번에는 아버지가 예민한 목소리로 말했습니다.

"어머니가 미처 생각하지 못한 문제들이 있단 말입니다."

"도대체 그 문제라는 게 뭐냐?"

아버지는 한숨을 내쉬었습니다. 물론 할머니의 말씀은 베어를 생각해서 하는 말이었습니다.

"점자만 해도 그래요."

지친 아버지의 목소리였습니다.

"우리는 안내서를 충분히 읽었어요. 온갖 자료와 심지어 시각장애인이 사용하는 타자기까지 샀죠. 하지만 우리는 이 분야에서는 문외한이라고요. 아무리 노력을 해도 진전이 없단 말입니다. 그러니 이렇게 한들 무슨 소용이 있겠어요?"

"베어는 너희들의 사랑을 통해 안전하다는 느낌을 받을 거야."

"그게 문제가 아니라니까요!"

아버지는 참다못해 언성을 높였습니다.

"베어가 점자를 배우는 게 더 중요하단 말입니다. 그래야 뭔가를 배울 수 있잖아요!"

"그러니까 그 애한테는 너희들이 최고로 훌륭한 선생인 게야!"

할머니는 굽히지 않았습니다.

아버지는 더 대꾸할 말이 없는지 머리만 절레절레 흔들었습니다. 다시금 흥분할 것 같아서 끝까지 참았습니다. 몇 주 전만 하더라도 아버지 역시 할머니처럼 좁은 소견이 아니었던가요? 아버지는 다른 식으로 설명을 하기 시작했습니다.

"어머니, 점자로 된 소설의 분량이 얼마나 되는지 아세요?"

"모른다."

"두꺼운 책으로 서른 권이나 돼요. 베어가 나중에 사전이 필요하다고 생각해 보세요. 사전을 점자로 읽는다면, 이 방 전체를 다 채우고도 모자랄 겁니다."

그제야 할머니는 아무 말도 하지 않았습니다. 할머니의 얼굴은 당황한 빛이 역력합니다. 처음으로 아들과 며느리가 넘어야만 했을 심연을 아주 조금 들여다본 것입니다.

"사실 말이죠."

어머니는 이 일이 얼마나 중요한지 힘주어 말을 합니다.

"이 일은 어머님이 생각하시는 것처럼 간단하지가 않아요. 저도 처음에는 어머니처럼 생각했어요. 베어를 집에 데리고 있어야겠다고 말이죠. 그래서 우리끼리 어떻게든 해 보려고 노력했어요. 하지만 그이와 제가 어떻게 할 수 있는 그런 문제가 아니었어요. 저는…… 저는 정말 모르겠어요. 눈이 멀었다는 이유로 베어를 마냥 보호하는 것은 아닌지, 버릇없이 키우는 것은 아닌지, 아니면 너무 많은 것을 요구하는 것은 아닌지……. 예전에는 당연했던 일들이 이제는 그렇지가 않아요. 모든 게 바뀌었어요. 교육도 완전히 달라졌단 말이에요."

"애야."

할머니는 며느리의 태도에 충격을 받았습니다.

"지금 상황이 이렇다고요! 지금 상황이!"

어머니의 목소리가 급변했습니다.

"어머님도 예전과 다르게 베어를 대하고 있잖아요. 과거에 베어와 맺었던 관계가 아니란 말이에요. 그러니까 아범과 저도 어떻게 해야 할지 자신이 없다고요. 정말 아무것도 모르겠어요!"

갑자기 어머니는 울기 시작했습니다.

이때 베어가 방으로 들어와서 어머니의 울음소리를 들

었습니다.

"무슨 일이에요? 왜 엄마가 울어요? 싸웠어요?"

"아, 그러니까 말이다……."

할머니는 변명을 하려고 했습니다.

"그래, 그래. 아빠랑 약간 말다툼을 했어. 해서는 안 될 말도 했고."

아버지가 말했습니다.

베어는 아버지가 자리에서 일어나 어머니한테 가는 소리를 들었습니다.

"미안해요."

아버지는 어머니에게 사과를 했습니다.

"진정해. 그럴 뜻은 없었어."

할머니는 입술을 깨물었습니다. 베어의 아버지가 느닷없이 아내에게 용서를 비는 이유를 충분히 이해할 수 있었기 때문입니다. 눈먼 아들 때문이 아니라 다른 문제로 싸워서 어머니가 울고 있는 것처럼 행동하면 베어가 미안해할 필요가 없을 테니까요. 할머니는 눈물을 글썽이며 아들과 며느리를 차례로 바라보았습니다. 그런 다음 묵묵히 방 안에 서 있는 베어를 바라보았습니다. 할머니는 갑자기 더 늙어 버린 것 같았습니다.

많은 사람들이 깊이 생각하지도 않고 의견을 말하거나 판단을 내리곤 합니다. 이는 정말 엄청난 일인데 말입니다. 아버지와 어머니를 아는 사람들은 물론 진정한 친구들은 아니지만, 그런 식으로 베어를 두고 온갖 충고를 합니다.

"나 같으면 아들을 집에 데리고 있겠어요."

맞은편 집에 사는 이웃 사람이 마치 좋은 충고를 해 준 다는 듯 말했습니다.

"아니, 왜 그런 이상한 맹인 학교에 보내야 해? 좋은 과 외 선생이라도 구하면 학교는 졸업할 수 있지 않아요?"

"그런 과외 선생을 우리가 어떻게 구하겠어요?"

아버지가 물었습니다.

"찾아보면 있겠지요."

"비용은 어떻게 대고요?"

"후원금 같은 게 있지 않나요?"

이런 바보 같은 대화를 어떻게 계속할 수 있겠어요? 한 번은 어머니의 사촌동생이 집에 들렀습니다. 그 역시 자기 생각을 그 자리에서 얘기했습니다.

"나라면 그냥 정상적인 아이처럼 다루겠어요. 그게 제 일 이성적인 방법이라고 생각해요."

"하지만 시각장애인이란 정상이 아니잖아."

어머니는 거의 절망적으로 말했습니다.

"볼 수 있는 아이들과는 다르게 다뤄야 해. 할 수 없는 과제를 요구해서도 안 될 거고."

"그럼, 맹인 학교에 가서 베어가 완전히 폐인이 되면 어떻게 할 건가요?"

그러자 아버지가 벌컥 화를 냈습니다. 흥분해서 담배를 하나 물더니 이렇게 물었습니다.

"그런 학교에 다니는 애들은 모두 폐인이 된다는 말이니? 네덜란드만 해도 그런 학생들이 몇 명이 되는 줄 알아?"

"글쎄요…… 몇백 명 정도."

"2만 명이야! 2만 명이나 되는 아이들이 그런 학교에 다니고 있어. 눈이 멀거나 귀가 들리지 않거나, 경련성 마비로 고생하는 아이들뿐 아니라 고아도 있어. 부모가 친권을 포기한 아이들도 있지. 그래, 이 모든 아이들은 장애가 있어. 이런 아이들을 동정하며 우리는 고상한 척 돈을 내지. 하지만 우리는 이런 장애아들을 보이지 않게 숨겨 놨어. 왜냐고? 이런 아이들을 사회로 받아들일 마음이 없으니까! 그런 따뜻한 애정은 없거든!"

"제발 흥분하지 말아요!"

어머니가 아버지를 달랬습니다.

"하지만 그것보다 더 끔찍한 게 뭔지 알아?"

아버지는 계속 말했습니다.

"얼마 전까지만 해도 나 역시 그런 문제를 한 번도 생각해 보지 않았다는 거야!"

"저…… 무슨 뜻인지 이해해요. 무슨 뜻…….'

어머니의 사촌동생은 당황해서 어쩔 줄 몰라 했습니다.

"미안해. 내가 좀 흥분했어."

아버지는 자신도 놀랐는지 이내 사과를 했습니다. 아들의 처지를 아직도 인정하지 못한 것일까? 아니면, 친구들과 주변 사람들의 온갖 충고에 머리가 터질 듯했던 것일까?

밤이 되어 불을 끄고 침대에 누웠을 때였습니다. 베어의 어머니는 남편의 손을 잡았습니다.

"여보."

어머니는 낮은 음성으로 말했습니다.

"내일 맹인 학교에 전화해서 약속 시간을 한 번 잡아 줄래요?"

"그러지."

아버지가 나지막하게 대답했습니다.

"어쩌면 나는 진실을 보기가 두려웠던 것 같아. 나는……
나에게는 이 현실을 받아들일 시간이 필요했어. 이제야 준비
가 된 것 같군. 전문가들의 의견을 듣고 최선의 선택을 받아
들이고 싶어."

아버지는 마음을 가라앉힌 듯 어머니를 품에 꼭 안았습
니다.

베어는 계단을 내려갔습니다. 복도에 서서 무슨 소리가
들리는지 귀 기울였습니다. 하지만 집 안은 그야말로 조용
했습니다.

"할머니?"

거실에서 덜커덩거리는 소리가 들리더니 의자를 미는
소리가 들렸습니다. 할머니가 급하게 복도로 나왔습니다.

"왜 그래, 베어?"

"엄마는 언제 집에 돌아와요?"

"늦어도 저녁 식사 전에는 온다고 했어. 무슨 일이 있
니?"

"진도가 안 나가요."

"내가 도와줄 일이라도 있냐?"

"아뇨. 됐어요."

베어는 고개를 저었습니다. 만일 할머니가 점자 배우는
일을 도와준다면 갈수록 태산일 테니까요.

"엄마는 어디 갔어요?"

"…… 그러니까 말이다. 아빠와 함께…… 모임에 갔다.
회사에서 무슨 파티를 한다나."

할머니는 얼렁뚱땅 대답을 얼버무렸습니다. 맹인 학교
에 갔다고 얘기하는 것보다 더 나으리라는 생각이 들었기
때문입니다.

"어디에서 파티가 열린대요?"

"글쎄, 어디라고 했지? 부숨인가 어디라고 하더라만."

"부숨?"

베어는 놀라서 물었습니다.

"그래. 어딘가에 있겠지."

할머니는 재빨리 다른 이야기로 화제를 돌렸습니다.

"차 한 잔 마실래? 차 마시기에는 너무 이른 시각이
지?"

"산책 좀 하고 올게요."

"혼자서?"

할머니가 불안해하며 물었습니다.

"자주해요, 혼자서."

"같이 가 줄까?"

"아뇨. 그럴 필요 없어요."

"조심해야 한다."

"그럼요."

베어는 한숨을 내쉬며 지팡이를 잡았습니다.

할머니는 손자의 뒤를 따라가려다가 아네미크가 학교에서 곧 돌아올 시간이라는 생각이 들어 그만두었습니다. 걱정스런 눈길로 손자를 바라보기만 했습니다.

부숨! 베어는 머리에서 이 이름이 떠나지 않았습니다. 어쩌면 할머니가 황당한 대답을 했기에 그럴지 몰랐습니다. 또 어쩌면 누군가 부숨이라는 이름을 한 번도 입에 올린 적이 없기 때문에 그럴지도 몰랐습니다.

베어는 공원 벤치에 앉아서 부숨에서 어떤 일이 벌어지고 있지나 않을까 하는 불길한 예감이 들었습니다. 그리고 그 일이란 자신과 관련되어 있을 것이라는 점을 직감적으로 알고 있었습니다.

부숨! 베어는 지금까지 그곳에 두 번 가 보았습니다. 한 번은 부숨 축구팀과 시합을 하기 위해서였고, 또 한 번은 부숨 근처의 도시에서 개최한 청소년대회에 참석하기 위해서였습니다. 대회에 나가는 친구들이 버스를 타고 가던 도중에 같은 반 친구 디키가 이런 말을 했습니다.

"저기 큰 건물 보이지?"

그때 넓은 초원 너머 보이는 두 개의 고목나무 사이에 우뚝 선 건물을 베어는 보았습니다.

"저게 바로 맹인 학교라는 거야."

디키는 잘난 척하며 설명했습니다.

"맙소사!"

베어는 자신도 모르게 중얼거리고 말았습니다. 이제야 뚜렷하지 않았던 불길한 감정들이 마치 퍼즐 게임의 조각처럼 완전히 맞춰지는 기분이었습니다. 갑자기 베어는 무슨 일이 벌어지고 있는지 알 것 같았습니다. 물론 그 일이야! 아버지와 어머니는 맹인 학교에 간 것이 틀림없었습니다.

베어는 쥐고 있던 지팡이를 놓친 것도 몰랐습니다. 자신의 세계가 한꺼번에 무너졌으니 그럴 겨를이 없었습니다. 이제 암흑과 혼란, 자신도 감당하지 못할 무질서한 감정들만 난무할 뿐이었습니다. 오랫동안 두려워했던 일이 현실이 된다는 말일까? 베어는 어떻게 해야 할지 도무지 알 수 없었습니다.

이때 대학생이 준 시계가 세 시를 알렸습니다. 속수무

책으로 앉아 있던 베어는 시계를 던져 버리고 싶었지만 세 시를 알리는 소리를 듣자 다시 정신이 번쩍 들었습니다.

맹인 학교. 어쩌면 자신의 미래를 위해 최선의 방법일 수도 있어!

아버지와 어머니는 분명 하루 이틀 만에 그와 같은 결정을 내리지는 않았을 것입니다. 아버지와 어머니. 베어는 두 분이 그런 결정을 내리기까지 얼마나 힘들어 했을지 너무나 잘 알고 있었습니다. 두 분이 맹인 학교의 교장 선생님을 만나러 가는 모습이 머릿속에 선명하게 그려졌습니다.

"정확하게 도착했군."

아버지가 말했습니다.

"정각 세 시야."

하지만 어머니는 아무런 대답도 하지 않았습니다. 단지 울타리 저편에 있는 널따란 주차장 쪽을 바라볼 뿐이었습니다. 학교의 들머리에는 곱게 가꾼 화분들이 있었고, 커다란 나무 아래로 빛과 그늘이 너울거리는 공원도 아련히 보였습니다. 이 모든 것을 베어는 결코 볼 수 없겠지. 만일…… 만일 여기에 머물게 될지라도. 어머니는 아버지의 팔을 꼭 잡았습니다.

두 사람은 건물의 들머리를 지키고 있는 수위에게 문의
를 했습니다.

"교장 선생님과 오늘 만나기로 한 라이트하르트라고 합
니다."

"길을 가르쳐 드리죠."

아버지는 이 건물의 수위도 시각장애인일 거라 생각했
지만, 한 늙은 여자가 사무실에서 나오더니 길을 안내했습
니다.

"저 집들 사이를 통과해서 가세요. 그러면 운동장이 나
오죠. 오른쪽 구석에 문이 하나 있는데, 그곳으로 들어가
면 됩니다."

이번에는 아버지가 어머니의 팔을 잡았습니다. 긴장이
되어서 혼자 서 있을 수조차 없었습니다. 이제 몇 시간 후
면 베어의 미래가 결정될 것입니다. 하지만 이 결정으로 아
버지와 어머니의 삶의 일부분도 시험대에 오르겠지요.

"저기 봐요!"

어머니가 걸음 속도를 줄이며 속삭였습니다. 몇몇 아이
들이 본관 앞에서 롤러스케이트를 타고 있었고 젊은 지도
교사가 아이들 곁에 서서 지켜보고 있었습니다. 아버지와
어머니의 오른쪽으로 열여섯 살 정도로 보이는 두 명의 남

자 애들이 길을 따라 걸어가고 있었는데 한 아이는 두꺼운 안경을 끼고 있었고, 다른 아이는 안경을 낀 아이의 어깨 위에 손을 얹고 뒤를 따르고 있었습니다. 이런 방식으로 앞에 있는 아이는 뒤에 있는 아이에게 옆 건물의 들머리를 가르쳐 주었습니다.

'머지않아 베어도 이 길을 따라가겠지. 눈이 조금 보이는 아이가 길을 가르쳐 주겠지.' 이런 생각을 하며 어머니는 아버지의 팔을 꼭 잡았습니다.

두 사람은 교사가 세 명의 아이들을 가르치고 있는 교실을 지나갔습니다. 어머니의 시선은 자동적으로 점자가 찍힌 종이 위로 향했습니다. 우선 왼손의 손가락, 그 다음 오른손의 손가락이 읽어 가고 있었습니다. 이런 식으로 지금 읽고 있는 내용 다음에는 어떤 내용이 나올지 미리 감지하는 것입니다. 하지만 베어는 이런 방법으로 배우지 않았습니다.

두 사람은 출입문을 발견하고 안으로 들어갔습니다. 잠시 후 그들 앞에 밝은 표정의 교장 선생님이 나타났습니다. '정말 다행이야'라고 어머니는 생각했습니다. 한눈에 봐도 교장 선생님은 매우 다정해 보였으니까요. 그는 차분하면서도 이해심이 풍부한 눈을 가지고 있었습니다.

"앉으시지요."

"감사합니다."

"저희는 아들 녀석 때문에 왔습니다."

아버지는 이렇게 말하고 나서 베어가 사고를 당한 이야기를 차근차근 설명하기 시작했습니다.

네 시 십오 분이었습니다. 아버지와 어머니는 많은 질문을 했고 교장 선생님은 모든 질문에 자세하게 답변해 주었습니다. 교장 선생님은 학교와 수업에 관한 얘기도 빼놓지 않았습니다.

"이곳에는 대략 120명의 학생들이 있습니다. 집에서 통학하는 아이들도 상당히 많이 있죠. 이런 학생들은 집에서 잠을 자고 아침을 먹습니다. 아이들 때문에 부모들이 근처로 이사를 온 겁니다. 물론 대부분 아이들은 이곳에서 기숙사 생활을 합니다. 그리고 주말이나 방학이 되면 집으로 돌아갑니다."

아버지는 어떤 교육이 있는지 알고 싶어 했습니다. 초등교육, 중등교육, 전화교환원이 될 수 있는 직업교육, 요리와 바느질을 가르치는 가정교육이 있었습니다. 또한 실업교육도 있었습니다.

"물론 유치원부터 시작합니다."

교장 선생님이 말했습니다.

"어린아이들도 오나요?"

어머니는 네 살 혹은 다섯 살 된 어린 시각장애인을 떠올렸습니다. 부모들이 그렇게 어린 자식을 맹인 학교에 보내려면 얼마만한 용기가 필요할까요?

"점자 수업은 일찍 받을수록 좋습니다. 점자로 읽고 쓰고 계산하려면 어느 정도의 기간이 필요한지 아십니까?"

"잘 모르겠어요."

"최소한 3년이 걸립니다. 가령 어머님의 나이면 이미 때가 늦었다고 봐야 합니다."

맹인 학교에 다니는 아이들도 부숨에 있는 정상적인 고등학교에 진학한다는 말을 듣고 아버지는 안도의 숨을 내쉬었습니다. 모든 교과서는 아니지만, 교사들이 숙제나 반복 학습을 위해 학생들에게 내주는 몇몇 복사물은 별도로 점자 인쇄를 한다고 합니다.

"수학과 물리는 어떻게 가르치죠?"

지난 몇 주 동안 어머니는, 눈이 먼 아이들은 수학과 물리를 어떻게 배울 수 있을지 자주 자문해 보았습니다.

"릴리프 문자로 합니다."

교장 선생님이 설명했습니다.

"얇은 망사 한 겹 위에 점자 종이를 놓고 작은 바퀴로 찍지요. 물론 우리가 거울을 볼 때와 같은 식으로 해야겠지요. 그렇게 해야 인쇄를 했을 때 그림의 오른쪽과 왼쪽이 바뀌지 않을 테니까요."

"놀랍네요!"

학창 시절 수학에는 젬병이었던 어머니가 감탄을 했습니다.

"그럼요. 지난주에는 우리 학교 출신의 학생이 암스테르담 대학의 수학·물리과 졸업시험에 합격했습니다."

교장 선생님의 목소리에는 자부심이 담겨 있었습니다.

졸업시험을 치르기까지 그 학생이 얼마나 많은 어려움을 겪었을지 상상조차 하기 힘들었습니다. 사실 재능 있는 시각장애인들은 어떤 과목이든 선택할 수 있었습니다. 언어학, 법학, 역사, 심리학. 아버지와 어머니는 눈이 보이지 않는 아이들에게 실시하는 교육을 통해서 수많은 문제를 어떻게 해결할 수 있는지 조금씩 알아갔습니다. 교육에서 간과해서는 안 될 중요한 요소는 무엇보다 학생들의 의지, 자신에 대한 신뢰, 지구력과 용기였습니다.

"수업 시간 이외에 학생들은 뭘 하죠?"

"이곳에는 다양한 취미활동을 하는 동아리가 있습니다. 눈이 안 보여도 할 수 있는 게임도 있고요."

"운동은요?"

아버지가 물었습니다. 베어는 운동을 좋아했으니까요.

"예, 운동도 합니다. 유도, 승마, 수영, 체조, 벽치기가 있습니다."

"벽치기라뇨? 그게 뭐죠?"

"강당에서 하는 운동이죠. 세 명으로 이루어진 두 개의 조가 상대편 벽에 공을 던지면 상대편은 벽에 공이 닿지 않도록 하는 것입니다. 공에는 방울이 달려 있어서 어디로 굴러가는지 들을 수 있습니다. 여기에서 아주 인기 있는 종목입니다. 듣는 연습을 하기에도 매우 좋은 운동이죠."

이것 역시 눈이 보이지 않는 아이들에게 좋은 교육이라고 어머니는 생각했습니다. 자신과 남편이 그 모든 것을 도맡아서 하겠다던 결정은 참으로 순진한 생각이었습니다.

"다른 맹인 학교와 경기도 합니다. 독일이나 스웨덴 혹은 영국으로 원정 경기를 가기도 하죠."

아버지와 어머니는 서로 쳐다보았습니다. 이 학교는 베어의 미래를 위해 좋은 기회를 제공할 것이라는 믿음의 시선이었습니다.

"저희 아들이 들어갈 자리는 있을까요?"

교장 선생님은 고개를 끄덕였습니다.

"우리는 베어를 집에 데리고 있을 생각이었어요. 이런 특별한 학교에 보내면……."

어머니가 조용히 말했습니다.

"예, 무슨 말씀인지 잘 압니다."

교장 선생님은 이런 말을 자주 들었습니다.

"원래 장애를 가진 아이들은 다른 아이들과 함께 성장해야 하고 분리시켜서는 안 된다고들 하지요. 하지만 유감스럽게도 현실적으로 그럴 가능성은 없습니다."

다음으로 가장 중요한 질문이 나올 차례였습니다. 어머니가 항상 고민했고 아버지도 아까부터 물어볼까 망설이던 질문이었습니다.

"어떻게 생각하시는지요? 아이에게 기숙사 생활이 나을까요, 그렇지 않으면 집에서 통학을 하는 게 나을까요?"

"그 문제는 무엇보다 부모님의 여건에 달려 있다고 봅니다. 정상적인 사람들과 시각장애인의 관계는 매우 어렵습니다. 눈이 보이지 않는다는 것은 본인에게 뿐 아니라 부모형제에게도 힘든 과제입니다. 그래서 많은 부모들이 그런 자식을 교육시킬 때 확신을 갖지 못하죠. 게다가 그런 아이들을 위해 일하는 봉사자나 기관들도 별로 없거든요. 그러니 아무리 좋은 뜻에서 아이를 돌보더라도 나중에 가서 큰 실수를 할 때가 많습니다."

다시금 아버지와 어머니는 서로 얼굴을 쳐다보았습니다. 얼굴에 화색이 돌았습니다. 자신들이 그동안 느꼈던 불안은 장애인 자식을 집에서 키우는 부모라면 당연히 부딪혀야 할 문제였으니까요.

"그러면 아이가 임시로 기숙사 생활을 해 보는 것도 가능할까요?"

마침내 아버지는 솔직하게 털어놓았습니다.

"물론입니다. 언제쯤 말인가요?"

"되도록 빠른 시일이었으면 좋겠네요."

베어를 집에서 내보낸다는 생각이 들자 어머니는 처음으로 온몸이 떨렸습니다.

십오 분 후 베어 부모는 교장 선생님에게 작별 인사를 하고 버스 정류장으로 갔습니다. 각자 자신의 생각에 골몰하느라 머리가 복잡했습니다. 학교를 방문해서 교장 선생님과 상담을 하는 일은 그리 쉬운 일이 아니었습니다. 예전에는 전혀 몰랐던 세계를 경험하는 일이었습니다. 하지만 교장 선생님은 두 사람에게 눈이 먼 아이도 정상적인 아이처럼 미래가 있다는 확신과 희망을 심어 주었습니다.

"우리 베어만 그런 것은 아냐."

아버지는 어머니의 기분이 좋지 않다는 것을 감지하자 그렇게 말했습니다. 네덜란드만 해도 수만 명의 시각장애인들이 있습니다. 비록 이들 가운데 2/3는 나이가 들어서 시력을 잃었지만 말입니다. 이 숫자는 전 세계에 있는 시각장애인의 숫자와 비교해 보면 소수에 지나지 않습니다. 지구상에는 눈이 보이지 않는 사람이 이루 헤아릴 수 없을 만큼 많을 테니까요.

"여보, 되도록 빨리 이 학교 근처로 이사하는 게 좋을 것 같아. 그러면 베어가 집에서 학교를 다닐 수 있을 테니까."

"그럼, 당신 직장은요?"

"우선 제일 중요한 문제부터 해결해야지. 내년에 회사에서 차를 하나 받을 수 있을 거야. 그러면 나는 이곳에서 차를 몰고 출퇴근하면 되잖아. 만일 회사 차를 받지 못한다면, 기차를 타고 출퇴근하면 되지 뭐."

"고마워요, 여보……."

어머니는 감격해서 말이 잘 나오지 않았습니다. 그들의

관계는 이제 언제 끊어질지 모르는 비단실이 아니라 탄탄한 밧줄과 같다는 느낌이 들었습니다.

　버스가 도착했습니다. 두 사람은 차에 올라탔습니다. 버스가 출발하자 두 사람은 아무 말도 하지 않았습니다. 마음속으로 아마 똑같은 문제를 떠올렸을지도 모릅니다. 어떻게 하면 베어에게 이 모든 것을 가르쳐 줄 수 있을까. 아버지와 어머니는 이 문제가 이미 해결되었다는 사실을 몰랐습니다.

10
미래를 향한
첫걸음

"가방은 잘 챙겼어?"

아버지가 물었습니다.

"그럼요."

방을 다시 한 번 살펴보던 어머니가 대답했습니다.

이미 챙겨 놓은 가방이 침대 위에 있었습니다. 베어는 가방의 덮개를 닫았고 아버지가 가방을 들고 아래층으로 내려갔습니다.

"나 머리 좀 보고 올게요."

어머니는 방을 나서면서 베어의 얼굴을 손으로 어루만 졌습니다.

집에 있는 마지막 순간. 조금 있으면 자동차로 베어를

맹인 학교에 데려다 주기 위해 빌렘 삼촌이 올 것입니다. 베어는 창가에 있는 자신의 책상 옆에 서 있었습니다.

최근의 일들을 떠올리자 마치 한 대륙에서 다른 대륙으로 여행을 떠나는 느낌이 들었습니다. 전혀 다른 삶을 살아가는 것 같았습니다. 장님의 대륙은 어쩌면 작은 대륙일지도 모릅니다. 하지만 이 여행은 오랫동안 지속될 뿐만 아니라 힘겨울 것입니다. 어둠을 통과하는 여행. 삶의 깊은 곳을 지나가는 여행. 그러나 집에 와 있는 동안 베어는 자신과 사람들, 그리고 삶에 대해 많은 것을 배웠기 때문에 무언가를 발견할 수 있는 여행이 될지도 모릅니다.

아버지와 어머니가 맹인 학교에서 돌아왔을 때, 베어는 문 앞에서 부모님을 맞이했습니다. 공원에서 혼자 고민한 끝에, 이제 피할 수 없는 것을 당당히 받아들이기로 결심한 것입니다. 맹인 학교에 가야 한다는 소식을 듣더라도 난리 법석을 떨지 않는다면 부모님의 근심도 덜할 테니까요.

놀랍게도 베어가 부숨으로 떠난다는 소식에 제일 힘들어 한 사람은 다름 아닌 티어드였습니다.

티어드는 이 말을 들었을 때 처음에는 믿지 않으려고 했고, 그 다음에는 심하게 반대했습니다.

"안 돼, 베어……, 이건 아냐! 네가 정말 가고 싶어서 가는 거야?"

"주말에는 서로 만날 수 있어."

"하지만…… 하지만 그럴 수는 없어. 그동안 보충한 공부도 이제 진도를 다 따라갔는데. 우리 사이를 이렇게 갈라 놓아도 되는 거야?"

티어드는 예전처럼 외톨이로 남는 게 두려운 걸까?

그날 아침 식사 시간이었습니다. 아네미크는 학교에 가기 전에 오빠와 작별 인사를 해야만 했습니다. 하지만 녀석은 어찌할 바를 몰랐습니다.

"잘 가, 오빠! 있잖아……."

갑자기 아네미크의 눈에서 눈물이 흘렀습니다.

"어? 그러지 마. 뭐 대단한 일이라고."

베어는 동생을 위로해 주고 싶었습니다.

"아네미크."

아버지가 중간에 끼어들었습니다.

"오빠는 군에서 근무하는 직업군인처럼 집으로 돌아와. 매일은 아니지만 주말마다 올 거야."

'근무하다'라는 말을 베어는 귀 기울여 들었습니다. 자신의 처지와 딱 맞는 표현이었습니다. 앞으로 자신이 세운 계획에도 적합한 말이었습니다. 장애아들을 위해 봉사하고 근무하는 일. 베어는 심리학자가 되어 고통스러워하는 아이들이 잘 살아갈 수 있도록 자존심을 세워 주고 싶습니다. 그것이 베어의 목표입니다. 뚜렷한 목표가 있는 사람은 불행하지 않습니다.

바깥에서 자동차 경적이 울렸습니다. 삼촌이 온 것입니다. 베어는 스웨터를 제대로 입었습니다. 갈색과 보라색이 섞인 이 스웨터는 이미 헤지고 닳았지만, 익숙해서 자주 입는 옷이었습니다. 어머니가 학교에 가져가라고 한 멋진 양복은 옷장 속에 걸어 두었습니다. 베어는 맹인 학교에 가면 있는 그대로의 모습을 보여 주고 싶습니다.

나중에서야 알았지만, 무슨 옷을 입든 상관이 없었습니다. 학교에 다니는 아이들 가운데 자신의 옷을 볼 수 있는 아이들은 아무도 없으니까요.

"빌렘이 왔어!"

아버지가 아래층에서 소리쳤습니다.

"갈게요!"

어머니가 침실에서 나왔습니다.

베어는 갑자기 복통을 느꼈지만 금세 사라졌습니다. 이제 자신의 삶 가운데 또 하나의 막이 끝났다는 느낌이 들었습니다. 병원에서 나왔을 때, 그의 소년 시절은 끝이 났습

니다. 그렇다면 지금은? 지금 베어는 새로운 시작을 해야
합니다.

"자, 이제 네가 있을 방과 친구들을 소개해 줄게."

교장 선생님이 일어났습니다. 베어는 의자가 앞으로 당
겨지는 소리를 듣고 알 수 있었습니다.

"이제 작별 인사를 해야겠죠?"

베어는 목구멍에 돌 같은 것이 걸려 있는 느낌이었습니
다. 아빠와 엄마랑은 일찍 헤어지는 게 더 나을 거야. 작별
은 오래 끌면 좋지 않으니까.

"잘 지내라, 베어리만!"

아버지가 말했습니다. 아주 오래전에 들어보고 언제부
턴가 듣지 못했던 자신의 애칭이었습니다. 그런 뒤 아버지
는 애정 표시로 베어의 어깨를 다독이며 볼에 입맞춤을 했
습니다.

"그래, 토요일에 다시 보자!"

이 마지막 말로 아버지는 지금 헤어지더라도 금세 볼 수
있다는 사실을 상기시켰습니다. 어머니와 작별을 할 때도
목구멍에 뭔가 걸린 것 같았습니다. '빨리 작별 인사를 끝
내야지'라고 어머니는 생각했습니다. 조금만 더 있으면 이

성을 잃어버릴 것만 같았습니다.

교장 선생님은 이미 문 앞에 서 있었습니다.

"배웅하지 않으셔도 됩니다. 나가는 길을 알거든요."

아버지가 말했습니다.

"감사합니다! 이렇게 친절하게 도와주셔서!"

어머니의 목소리는 떨리지 않았습니다. 베어는 벌써 머릿속으로 두 분이 운동장을 지나가는 모습을 보았습니다. 아버지는 어머니의 어깨를 꼭 감싸고 갈 거야.

교장 선생님이 다시금 방 안으로 들어와서 책상에 놓인 서류들을 뒤적였습니다. '친절한 사람이야'라고 베어는 생각했습니다. 무엇보다 차분하게 얘기를 하면서 부모님과 작별 인사를 나눌 수 있었던 것도 모두 교장 선생님 덕분입니다. 울고 불며 야단법석을 떨지 않아서 다행입니다.

"이제 갈까?"

"내 가방은 어디 있어요?"

"여기 있다. 자, 내 어깨를 꼭 잡도록 해."

베어와 교장 선생님은 복도를 따라 건물을 빠져나갔습니다. 멀리서 아이들의 명랑한 목소리가 들려왔습니다. 유치원이 벌써 끝난 걸까? 교장 선생님이 갑자기 걸음을 멈추었습니다.

"잠깐! 깜박하고 잊고 온 게 있구나. 여기 잠시 서 있을 래? 금방 돌아오마."

베어는 혼자 운동장에 서 있었습니다. 환호하는 아이들 의 소리가 들렸습니다. 공원에서 듣던 그런 소리였습니다.

"우리 아빠는 돛단배를 살 거야!"

베어는 조용히 듣고 있었습니다.

"우리 아빠는 캠핑카를 살 거야! 그게 훨씬 더 나아. 캠 핑카만 있으면 어디든 갈 수 있거든!"

"돛단배도 그래!"

"하지만 배는 뒤집어질 수 있어!"

"캠핑카를 타고 가다가 사고로 죽을 수도 있어!"

마치 지스와 왕이 되려고 했던 얀 같았습니다. 베어는 미소를 지으며, 볼 수 있는 아이들과 볼 수 없는 아이들 사 이에 차이란 거의 없다는 생각을 해 봅니다. 아마 그들 모 두 비슷비슷한 기쁨과 걱정거리가 있을 것입니다. 똑같이 떠벌리고, 환상을 갖고, 두려움이 있겠지요.

"안녕, 새로 왔니?"

베어 앞에서 명랑한 여자 아이 목소리가 들려왔습니다. 소녀가 다가오는 소리를 베어는 미처 듣지 못했습니다.

"응. 방금 왔어. 나는 베어 라이트하르트라고 해."

"나는 팅카야."

마치 대학생이 준 시계에서 나는 소리와 비슷한 이름이
었습니다.

"내 옆에는 몰리라는 애가 있어. 유치원에 다녀. 나는
실업 학교에 다니고 있어."

"울었어?"

몰리가 물었습니다.

"아니."

베어가 대답했습니다.

"나는 울었어. 엉엉 울었어."

베어는 무슨 말을 해야 할지 몰랐습니다. 이제 다섯 살
된 어린아이라……. 자신은 이렇게 어린 나이에 맹인 학교
에 오는 것을 감당할 수 있었을까?

"내가 여기 서 있는 거, 어떻게 알았니?"

베어가 궁금해서 물었습니다.

"혹시 너 볼 수 있어?"

"응. 아주 조금."

팅카가 대답했습니다. 그 아이의 목소리는 정말 매력적
이었습니다.

"처음에는 시력이 좋지 않은 아이들이 다니는 학교에 다

넜어. 그런데 시력이 점점 나빠지는 바람에 6개월 전에 이 곳으로 왔어."

"여기 마음에 들어?"

"응. 이제 이곳 생활에 익숙해졌어. 이곳은 집과 아주 달라. 하지만 여기서는 나중에 필요한 것들을 많이 배울 수 있지."

그때 교장 선생님이 돌아왔습니다. 베어는 팅카와 조금 더 이야기를 나누고 싶었지만 그럴 수 없어서 유감이었습니다.

"미안하다. 금방 오려고 했는데, 헤이그에서 또 전화가 왔지 뭐냐."

교장 선생님은 베어의 가방을 들었고 베어는 손으로 그의 어깨를 꼭 붙잡았습니다.

"안녕, 베어! 자주 볼 거야!"

팅카가 말했습니다.

"물론이지!"

베어는 그렇게 되기를 진심으로 바랐습니다.

교장 선생님은 운동장을 지나서 본관 옆에 있는 집으로 들어갔습니다.

'가장 끔찍한 일은 지나갔다'는 생각이 들었습니다. 이제 미래로 뻗은 길을 볼 수 있었습니다. 베어가 두번째 집인 기숙사로 들어갔을 때, 이미 한 발을 내딛은 것이나 다름없었습니다.

'팅카라는 이름은 정말 예뻐' 라고 베어는 생각했습니다.

옮긴이의 말

    이 책의 주인공 베어는 열세 살 난 소년입니다. 우리 나이로는 열네 살이니 중학교 1학년이겠지요. 축구를 아주 좋아해서 교내 축구팀에서 공을 차던 소년이었지만, 어느 날 교통사고로 눈이 멀게 됩니다. 정말 흔히 있는 사고는 아니지만 가끔 일어날 수도 있는 일입니다. 아니, 가끔 일어나기도 하지만 나와 우리 가족에게는 절대 일어나지 않을 사고라고 생각합니다.

    우리 모두는 이와 같은 상상에 빠져들곤 합니다. 십대라면 어떤 상상을 할까요? 내가 지금보다 더 예뻐지면 어떻게 될까? 학급에서 1등을 한다면? 어른들은 어떤 상상을 할까요? 로또 1등에 당첨되면 무엇을 할까? 5년 뒤에는 조금 더 넓은 아파트로 이사할 수 있을까?

어쨌거나 우리는 내가 눈이 멀게 된다는 상상은 평생 한 번도 하지 않을 것입니다. 그런 상상은 사하라 사막을 혼자서 걸어 다니는 상상만큼이나 감당하기 힘드니까요. 베어도 그런 상상을 해 보지 않았지만 사고를 당하고 눈이 멀게 됩니다.

과학이나 기술 발달에 관한 얘기를 듣다 보면, 사람들은 마치 인간이 세상을 지배한다는 착각에 빠져 몹시 잘난 척합니다. 하지만 동물 세계와 인간을 비교해 보면 인간의 능력은 그리 뛰어나지 않습니다. 우리는 독수리보다 높이 날지도 못하고, 고래처럼 바다를 헤엄칠 수도 없고, 말처럼 잘 달리지도 못합니다. 그런데도 세상을 지배하는 것처럼 큰소리치며 살고 있는 것은 도대체 어떻게 된 셈일까요? 그것은 우리 인간이 동물보다 나약하고 잘하는 게 없어서 머리를 썼기 때문입니다. 또한 공동체를 이루고 살 줄 알았습니다. 약했기 때문에 가족 단위로 살면 목숨이 위태로웠고, 그래서 여러 명이 부락을 이루어 함께 살면서 서로에게 힘이 되었습니다. 호랑이처럼 태어날 때부터 나약한 새끼는 버려두고 떠나지 않았습니다. 인간은 약한 아이들을 오히려 더 세심하게 신경을 썼습니다. 한마디로 그들은 더불어 살 줄 알았습니다.

이 책을 읽는 독자들에게 장애인들은 약자이니 우리가 당연히 보호해야 한다고 강요할 생각은 없습니다. 그리고 그렇게 하고 싶지도 않습니다. 장애인은 약자이기 때문이 아니라, 그들은 단지 우리와 다를 뿐이며, 이 다른 사람들도 우리 사회의 구성원으로 받아들이자는 제안을 하고 싶을 따름입니다. 그리고 그들이 조금 덜 불편하게 살아가도록 배려해 주자는 것입니다. 만일 우리 모두가 개인주의자가 되어서 나만 생각하고, 가족만 생각하면서 다른 사람들을 짓밟고 무시한다면, 결국 우리는 살아남기가 힘듭니다. 과연 무인도에서 가족끼리만 살기를 원하는 사람이 있을까요? 있다면 그렇게 살아보기를 권합니다. 문자를 교환할 친구도 없고, 〈센과 치히로의 행방불명〉처럼 아름답고 환상적인 만화영화도 볼 수 없습니다.

베어의 부모님은 말할 나위도 없고, 여동생 아네미크와 친구들, 심지어 암으로 세상을 떠나는 대학생 형도 베어에게 용기와 격려를 아끼지 않습니다. 베어는 눈은 잃었지만 주위의 따뜻한 보살핌으로 행복해 보입니다. 결국 혼자서 일어섭니다. 베어 같은 아이가 건널목을 건너기 위해 우리에게 손을 내밀 때 그 손을 잡아 준다면, 더없이 따뜻한 세상이 될 것이라 믿습니다.

2006년 6월

이미옥

옮긴이 **이미옥** ‖ 경북대학교 독어교육과를 졸업하고 독일 괴팅겐 대학에서 독문학 석사 학위, 경북대학교에서 독문학 박사 학위를 받았다. 중앙대학교에서 강의를 했으며, 현재 전문 번역가로 활동하고 있다. 지은 책으로 『바람개비』가 있고, 옮긴 책으로 『강에서 보낸 하루』, 『내 친구 몬스터』(1-5권), 『장미, 장미』, 『세상에서 가장 멋진 아내』, 『우울의 늪을 건너는 법』, 『잡노마드 사회』, 『시기심』, 『공감의 심리학』 등이 있다.

그린이 **최수연** ‖ 시각디자인을 전공했고 현재 잡지와 동화책에 그림을 그리고 있다. 그린 책으로 『청개구리는 왜 엘리베이터를 탔을까?』, 『나의 라임 오렌지나무』, 『비밀일기』, 『부자어린이로 사는 지혜』, 『앗! 시리즈』 등이 있다. 웹주소는 www.joooo.com 이다.

괜찮아, 보이는 게 전부는 아니야

1판 1쇄 펴냄 2006년 6월 20일
1판 7쇄 펴냄 2013년 8월 10일

지은이 잽 테르 하르
옮긴이 이미옥

편집주간 김현숙
편집 변효현, 김주희
디자인 이현정, 전미혜
영업 백국현, 도진호
관리 김옥연

펴낸곳 궁리출판
펴낸이 이갑수

등록 1999. 3. 29. 제300-2004-162호
주소 110-043 서울특별시 종로구 통인동 31-4 우남빌딩 2층
전화 02-734-6591~3
팩스 02-734-6554
E-mail kungree@kungree.com
홈페이지 www.kungree.com

ⓒ 궁리출판, 2006. Printed in Seoul, Korea.

ISBN 89-5820-065-0   03890

값 8,000원